ハーレクイン文庫

愛なきウエディング・ベル

ジャクリーン・バード

ささらえ真海 訳

HARLEQUIN
BUNKO

PREGNANCY OF REVENGE

by Jacqueline Baird

Published by Harlequin Japan, a Division of K.K. HarperCollins Japan, 2024

愛なきウエディング・ベル

◆主要登場人物

シャーロット・サマビル……ホテルの経営者。レスキュー隊員。愛称シャーリー。
ロバート・サマビル………シャーロットの父。故人。
ジェフ……………………シャーロットのホテルの支配人。
デイブ……………………シャーロットの上役で友人。レスキュー隊員。
ジェイク・ダマート………実業家。
アンナ……………………ジェイクの義妹。故人。
ディエゴ…………………ジェイクの友人。

1

「ちょっと失礼、シャーロット」ロンドンでも有数のアートギャラリーを経営するテッド・スミスは、口元に笑みを浮かべながら、傍らの女性に声をかけた。「買い手が来た。話をしてくるよ」

「ええ、どうぞ」シャーロット・サマビルは答えた。友人は彼女を、シャーリーと呼ぶ。今、このギャラリーでは父親の絵の展覧会が催されている。テッドが人々の間に姿を消すのを見届けて、シャーリーは安堵《あんど》のため息をついた。

ようやくひとりになることができた。早く帰りたくて、目が自然と出口に向かう。今夜の集まりがシャーリーにはたまらなくいやだった。ロンドンのアート業界を牛耳っている人たちとは、まったく肌が合わず、なんとか理由を作って一刻も早く退散したかった。今がチャンスかもしれない。シャーリーは人々をかき分けて出口に向かった。

ジェイク・ダマートは売買契約を結んで、テッド・スミスのオフィスを出た。イタリアを発《た》ってロンドンに到着したのは、わずか数時間前。ホテルにチェックインするとき、何気なくリーフレット類の並んだ棚を見ていると、ロバート・サマビルの展覧会を告げるパンフレットが目に飛び込んできた。手に取って開くと、すでにこの世を去った画家の展覧会は、今夜がオープニングだった。血のつながりはないが、同じ母に育てられた妹アンナの顔が眼前に浮かび上がった。冷たくどす黒い怒りが体に満ち、彼は絵の展示を阻止してやると誓った。

弁護士に電話をして相談したところ、画家の近親者が著作権を持っており、ジェイクは法律的に手出しができない状態であるとわかった。がっくりとうなだれ、あの肖像画の展示を食い止めるのはもう遅いのかとあきらめかけたが、ギャラリーのオーナーに電話をし、購入の予約を入れた。

ギャラリーに到着したときには、怒りを静め、なんとか平静を装った。サマビルに若い娘がいるのは知っていた。おそらく今回の展覧会は、サマビルが遺言で指示し、娘に収益がいくようにしたのだろう。

しかし、展覧会を開いたのは娘の意思だとテッドから聞き、驚いた。彼女はアンナが言っていたのとは大違いで、もはや小娘ではないらしい。甘やかされて育った自分勝手なお嬢様だと聞かされていたが、頭の切れる女性実業家タイプのようだ。

「それで娘さんはどちらに？　お目にかかって、お悔やみを申し上げたいのですが」ジェイクは好奇心を声ににじませながら、テッドに尋ねた。

相続した膨大な財産をどうするつもりなのかきいてみたいと思った。今買ったばかりの絵の値段には何か根拠があるのだろうかというひねくれた考えも浮かんだ。だが尋ねる必要はないだろう。どうせ、金銭欲に突き動かされているにすぎない。そうでなければどうして、亡くなった父親の恋人の裸体を、公衆の面前にさらすようなまねをするのだろう。当事者に事前に連絡を入れる配慮すらせずに。

面識はないものの、ジェイクはロバート・サマビルを憎んでいた。しかし彼は、絵を公にしないたしなみだけは身につけていたようだ。ところが娘には、そのかけらさえもない。モデルになった女性に敬意を払わない娘に、ジェイクは嫌悪の情を抱いた。

人々の前で娘をやり込めてやろう。シャーロット・サマビルは、強欲な女としての本性を暴露されることになるが、自業自得というものだ。

気持ちが表情に表れないように、日に焼けた顔を引き締める。テッドは部屋の隅にいる女性を示した。

「あれがシャーロットですよ。黒い服を着たブロンドです。ちょうどあなたがお買いになった絵の前に立っている。さあ、行きましょう。紹介します」

シャーリーは絵を見ながら、物思いにふけっていた。生前、父は風景画家としてそこそこに成功していたが、死後、裸婦画を秘蔵していたことがわかった。たちまち、ロバート・サマビルは有名、いや、ある意味で悪名を馳《は》せることになった。モデルになった女性たちは、すべて父の恋人だったという噂《うわさ》が流れたのだ。

おそらく本当なのだろう。父のことは深く愛してはいたものの、好き勝手な生き方をした事実は否定できない。十一歳のときに母が死んでから、シャーリーは毎年、フランスにある父の家で数週間過ごすようになった。

裸婦画のうちの一枚は、以前からあるのは知っていた。残りの作品は、テッドとアトリエを整理しているときに見つけた。母の死後、初めてフランスへ父を訪ねていったとき、女友達だというジョスを紹介されて意気投合した。しかしあるとき、勝手にアトリエに入っていくと、父とジョスが裸でおり、描《か》きかけの裸婦画がイーゼルにのっていた。以後、シャーリーが来るときは、父は恋人を家に置くようなことはしなくなった。

アトリエで裸婦画を発見したテッドは、展覧会を開くように勧めた。四十六歳で急逝した話題性よりも、父に対する人間的な興味から、絵の売れ行きが伸びることは間違いないというのだ。

最初、シャーリーはきっぱりと断った。お金には困っていない。すでに独り立ちして六年だ。湖水地方には、一族が経営し、生まれたときからシャーリーの住まいでもあるホテルがあり、祖父の死後そのビジネスを引き継いだ。しかし、お金を必要としている人たちが世の中には大勢いることも確かだ。

結局、展覧会の収益金を寄付するという条件で、シャーリーはテッドの提案を受け入れた。少なくとも、父の死に善行をもって報いることができる。

出口まであと一歩というところで、最後の一枚に目を引かれた。モデルの女性の顔に、シャーリーの心は騒いだ。黒い目に宿った愛情が永遠にキャンバスに刻まれ、見る者に痛いほど迫ってくる。

父にもてあそばれた女性が哀れになり、シャーリーは苦笑しながら頭を振って、絵に背を向けた。

テッドは手で彼女を示した。ジェイク・ダマートは、目を細めてじっとその姿を見つめた。

身長はおそらく百七十二、三センチ、脚はほっそりと長い。黒いウールのシンプルなドレスは、胸のふくらみ、なだらかに弧を描く腰や腿を包み、体の線を浮き上がらせている。淡い金髪は頭上でまとめていた。ジェイクの黒い目が、らんらんと光る。知らぬ間に息さえ止めていた。化粧っ気のない顔が、とても美しい。目鼻立ちは整っているが、派手さはなく、清らかな印象を与える。

そのとき、いきなり体が張りつめた。怒りに黒い目が燃え上がる。アンナが言ったとおりだ。シャーロット・サマビルが絵のモデルを軽蔑《けいべつ》していることは、今の顔つきを見れば明らかだ。彼女は口元にゆがんだ笑みを浮かべ、はねつけるように首を振ると、腰をくねらせて絵に背を向けた。清らかな印象を持ったが、あのような体の持ち主が〝清らか〟という言葉の意味など知っているわけがない。

「シャーロット、きみに会いたいという人がいるんだ」テッドはよく通る声で呼びかけた。

シャーリーは体をこわばらせ、ため息をついた。帰るタイミングを逸してしまった。うんざりしながらも気力を奮い立たせ、覚悟を決めた。裸の女性の絵に夢中になっている、金持ちの太った中年男性に、調子を合わせなければならない。

「ジェイク・ダマートを紹介しよう。お父様のファンで、今、この絵をお買いになったところだよ」

シャーリーはテッドに向き直った。「あら、そうでしたの」

そう言いながらもひそかに、そのジェイクとやらの目は節穴だと思った。父は裸婦画よりも風景画のほうがずっとできがいい。しかし、そんな気持ちはおくびにも出さず、テッドの脇《わき》に立っている男性に視線を向けた。

その瞬間、催眠術でもかけられたように、彼から目が離せなくなった。想像していたような中年男性ではなかった。

高い頰骨と、日に焼けた肌。鼻筋はすっと通り、唇を固く引き結んでいる。顎は力強く、全身から活力が満ちあふれていた。肩幅が広く、背は百八十センチメートルを優に超えているだろう。この上ない自信と雄々しさを漂わせ、会場にいるほかの男性の影を薄くさせている。濃い眉に何気なく落ちかかる手入れの行き届いた黒髪や、褐色の肌、整った顔立ちから、地中海沿岸の出身であることは明らかだ。彼は笑顔でシャーリーを見下ろしている。

「シャーロット、お会いできてうれしいです。お父様を亡くされ、さぞかしお悲しみのことでしょう」

気がつくと、彼に手を強く握り締められていた。射るような黒い目に、恐ろしささえ感じた。あまりの男らしさに、息もできないほどだ。

沈黙が続き、シャーリーはなんとか返事をしなければと、乾いた口をこじ開けた。「お気づかい、ありがとうございます。ミスター・ダマート」

「ジェイクと呼んでください。堅苦しいのは、なしにしましょう」握る手に軽く力を込めながら先を続けた。「ぼくも最近、身内を亡くしたので、お気持ちはわかります」

彼の手の温かさに、胸にさざ波が立ち、それが大きさを増して全身に広がっていく。肉体的な魅力だけではなく、同情を寄せた彼の言葉にも心を動かされた。胸の奥底がうずき、妙な感情の渦巻きが体じゅうを駆け巡る。おかげでますます舌が滑らかさを失い、相手を見つめるほか、なすすべもなかった。

「ありがとう」彼から目をそらし、握り合った手を見下ろした。脈が皮膚をどくんどくんと突き上げる。握られた手をためらいがちに引き抜こうとすると、彼の手にさらに力がこもった。全身に震えが走り、ずっと握っていてほしいという思いに駆られた。

一方ジェイクは、彼女の輝かんばかりの印象的な笑みに、怒りを募らせた。もちろん、表情に表すことはない。「どういたしまして」柔らかな口調で応じて頭を下げ、彼女の手の甲に軽く唇を押しつけてから、ようやく握っていた手を放した。「ところで、よければ今買い求めた絵について意見を聞かせてくれませんか?」彼女の腰に手をまわし、絵のほうへ導いた。「すてきでしょう?」ジェイクは彼女に、アンナの顔を見せようとした。

深みのある声に、シャーリーの体はふたたび震えた。腰にまわされた手とがっしりした体から伝わる温かさが、全身を包む。男性に触れられて骨がとろけそうになり、感情の嵐《あらし》に翻弄《ほんろう》されるなんて、生まれて初めてだ。太古から受け継がれた女性の直感から、彼は宿命の男性かもしれないと思った。

シャーリーは眉根を寄せた。ロマンチックな空想に夢を馳せるような性分ではない。そう思うと怖くなってきた。わずかに残った自制心をかき集めて、相手の言葉に応じた。「確かに、すてきです」それから突き放すような調子でつけ加えた。「裸の女性の絵が、ご趣味ならば」

「嫌いだという男性がいるのなら教えてほしいな。嘘《うそ》つきを紹介してあげよう」ジェイクはからかうように言うと、半ば閉じた目でシャーリーの顔を眺めた。やがて視線はゆっくりと下っていき、胸のあたりで止まった。「実を言うと、絵よりも本物のほうがずっと好きなんだけどね」瞳の色が濃くなり、その奥に見間違いようのないメッセージが表れている。シャーリーはますます落ち着かなくなった。

信じられないが、ジェイク・ダマートはわたしを口説こうとしている。どう反応していいのかわからず、シャーリーは十代の少女のように、ただ笑みを浮かべた。ブラジャーの下で胸の頂が硬くなり、動揺するあまり顔が赤く染まった。言葉が出てこない。

ジェイクは何も言わずに立っていた。彼女の輝く青い目は、性的な魅力をたたえている。ドレスの生地を押し上げてはっきりと形のわかる胸の先端に、体が反応してしまう。彼はあっという間に虜《とりこ》にされた。こんな女性と出会ったのは、久しぶりだ。接近した理由が理由なので、自分を抑えていられるが、そうでなければ、心が溶かされていただろう。

ジェイクはこの状況が気に入らなかった。公衆の面前で彼女の顔に泥を塗るつもりだった。自分勝手な守銭奴、他人の不幸にたかる寄生虫だと暴露してやろうと思っていた。ところが、ふがいないことに、ふっくらとした唇はどんな味かと想像してしまう。あの張りのある胸を手で包み込み、さらに口に含んで、裸にしてベッドの上に押し倒したい……。

ぼくはおかしくなってしまったのだろうか。サマビル父娘《おやこ》は、アンナの早すぎる死に責任があるし、両親を悲しませた罪も償ってもらわなければならない。ふとジェイクは、別の手を思いついた。

ロンドンには仕事で来た。これから二週間、会議づくしの毎日だ。仕事と楽しみを両立させるのもいいかもしれない。うぬぼれるわけではないが、ぼくは彼女のすてきな恋人になれるはずだ。サマビルがアンナにしたように、時間をかけてゆっくりとシャーロットを口説き、ベッドへ連れ込む……。

笑顔を作ってジェイクは穏やかな声で言った。「困らせてしまったかな。一日じゅう、裸の女性を想像している好色漢だと思った?」

シャーロットが返事をできずにいるので助け船を出すと、彼女の頬はますます赤く染まった。ジェイクはおもしろそうに眺めた。頬を染める女性に出会ったのはずいぶんと昔のことだ。しかも、シャーロット・サマビルが赤面するさまは、とても魅力的で清純そのものだ。だが、彼女が清純とはかけ離れた存在であることはわかっている。

「心配いらないよ。ぼくは骨の髄までビジネスマンでね。会社だろうが芸術だろうが、これはと思えば、機会を逃さずに交渉に入る。絵画は投資だ。無粋な男だと思うかもしれないけれど、きみだって、生前よりも死後のほうが作品の市場的価値が上がると読んだから、展覧会の開催を決めたはずだ」

シャーリーはジェイクに心を読まれたことで、ほっとすると同時に怖くもあった。「おっしゃるとおり」ささやくような声だったが、やっと自分らしさを取り戻した。

絵に向き直ったジェイクの声は、さらに低くなった。「ついでに言っておくと、欲しいと思う裸婦画はこれだけなんだよ。お父様の最後の作品であり、最高傑作だからね」

ジェイクは一心に絵を見つめている。黒い目の表情にシャーリーは平手打ちを食らったような衝撃を受けた。この男性は絵に心を奪われている。

でも大金を払って買い求めたほどだから、魅了されて当然だ。シャーリーは、彼の注意を絵からそらしたい衝動に駆られ、そんな自分に内心で悪態をついた。

確かにジェイク・ダマートは太った中年男性ではなかったが、そのほかの点では予想は当たっていた。彼は裕福だ。自信にあふれた態度、デザイナーズスーツからオーダーメイドの靴、高価な絵を買っても平然としている様子を見ればわかる。しかし残念ながら、裸の女性の絵に夢中になる男性であることに変わりはない。

とても理想の男性とは言えない。すでにずいぶん長い時間この会場にいたから、頭がおかしくなっているのだろう。シャーリーはバッグを固く握り締め、脇に一歩寄って、ふたりの間に距離を作った。

「それでは、ごゆっくり、ミスター・ダマート。そろそろ失礼します。お会いできてよかったわ」自分を見失ってこれ以上ばかなまねをしないように、くるりと後ろを向き、人々の間を縫って退散した。

洗面所に入ると、シャーリーは鏡をのぞき込んだ。顔は上気し、青い目は異様に輝いている。父と同じようなタイプの男性にこんな影響を及ぼされるなんて……。父を愛してはいたが、こと恋愛に関しては、かかわり合いになりたくないと思っていた。

そのとき、ふとある考えが浮かんだ。ジェイク・ダマートも既婚者かもしれない。そう思うと、そんな男性に心を騒がせた自分がますます滑稽《こっけい》に思えた。さっさと元の自分に戻らなければ。タクシーでアパートメントに帰ろう。簡単に夕食をすませ、あとはゆっくり過ごす。男性のことで心を惑わされるのはごめんだ。彼女は背筋をまっすぐに伸ばして洗面所をあとにし、早足で建物の外へ出た。

舗道に立って通りを見まわしたが、タクシーは一台も目に入らない。「まったく」小声でつぶやいた。

「おやおや、ご機嫌ななめのようだね」低く渋い声には、からかうような調子があった。

振り向くと、目の前にがっしりとした体があった。「あら、ミスター・ダマート」落ち着き払って言ったが、頬が赤らむのはどうしようもなかった。

「ジェイクだよ。どうしたんだい、シャーロット？ ぼくでお役に立てるかな？」

名前の呼び方に親しみが感じられ、シャーリーは肌がほてった。「みんな、シャーリーと呼ぶのよ。タクシーをつかまえて帰ろうとしていたの」

「きみのように美しい女性には、シャーロットという名前のほうが似合うよ。タクシーだったら、心配いらない」彼の笑顔はとても魅力的で、シャーリーは笑みを返さずにはいられなかった。「ぼくの車はあそこだ」十メートルほど先の黄色い駐車ラインの内側に、ネイビーブルーのセダンが街灯の光を照り返していた。「送っていくよ」

「いいえ、ご迷惑でしょうから――」

「ディナーのほうがいいかな。よし、そうしよう」

五分後、シャーリーは高級車の助手席に座っていた。結局ジェイクに押しきられ、ロンドンの有名なレストランへ行くことになった。

「いつも自分のやり方を押し通すの？」

ジェイクはわずかに助手席に体を向けた。腿と腿が触れ合う。「いいや、いつもというわけではないよ」まじめな顔をして答えた。黒い目がシャーリーの視線をとらえる。親指と人差し指で彼女の小ぶりな顎を挟み、顔を運転席へ向けさせた。「でも、物でも人でも、本当に欲しいと思ったら、必ず手に入れることにしているんだ」

シャーリーは大きく息をのみ、気の利いた言葉を返そうとした。だが、肩をなでられ、喉にものがつかえたようにひと言も発することができなかった。体が引き寄せられ、唇が重なる。キスに情熱がこもっていくと、シャーリーの体は奥底から燃え上がった。初めて経験する感覚だ。彼が欲しいという思いが込み上げ、無意識に手を伸ばし、広い肩を触ろうとしていた。だが手は届かなかった。

「まいったな《ディオ・ミオ》」ジェイクはイタリア語で悪態をつき、彼女の手を取ると押し戻した。シャーリーの茫然《ぼうぜん》とした顔に細くした目を向け、唇のあたりにすえた。「きみはなかなかの女性だよ」じっと見つめるジェイクの目の奥に、怒りのような表情が浮かんだ。ジェイクはシャーリーの鼻のてっぺんに軽くキスをしてから先を続けた。「まずはディナーだ」いたずらっぽく笑ってからエンジンをかけ、車を出した。

シャーリーは黙り込んでいた。自分の身に起こったことが、信じられない。常識や冷静さはどこへ行ったの？　一回のキスで、何もかも吹き飛び、興奮に体が溶けてしまった。驚きなのは、どうやらジェイクも同じように、わたしに引かれているらしいということだ。彼の心臓の鼓動や、唇を離すときに身を震わせた様子から、その思いを感じ取れた。

断ろうとしていたディナーが、急に魅力的なものに思えてきた。

2

着いたのは高級なフレンチ・レストランだった。店内は満席のようだったが、待つ間もなくすぐに、ウエイターが姿を現した。彼は恭しく挨拶《あいさつ》すると、部屋の隅の落ち着いたテーブルへふたりを案内した。

店内には、政治家やテレビで顔を知っている有名人も数人いる。シャーリーは青い目を見開いた。「ずいぶん前から予約が必要なんでしょう?」

「ぼくは別さ」ウエイターがメニューを持ってやってくると、ジェイクはさらりと言ってのけた。

シャーリーはウエイターから受け取ったメニューを見つめながら自分に言い聞かせた。店内のほかの女性のように上品な印象を与えなければ。

「ステーキとスモーク・サーモンを。きみは? 同じものにする?」

シャーリーはメニューをテーブルの上に置き、顔を上げた。「いいえ」落ち着いた声で答えると、ウエイターに向き直り、完璧《かんぺき》なフランス語でお薦めは何か尋ねた。それから、すずきがおいしいだの、シェフ特製の詰め物をしたますがお薦めだの、ひとしきりフランス語の会話が続いた。シャーリーは笑みを浮かべ、春野菜のサラダとすずきを注文した。

ウエイターが去ってから、ジェイクはからかうように言った。「なるほど。きみにはいろいろな才能があるらしい」

彼に見つめられ、腹部から熱いものが突き上げてきて全身に広がった。大きく息を吸い込み、ようやく震えのない声で応じることができた。「お褒めの言葉、ありがとう」

「どういたしまして」

ジェイクのことを思うと、顔が赤らむ。だがシャーリーは眉根を寄せた。彼にとって、わたしは女性として力不足に違いない。いったいわたしは、何に巻き込まれてしまったのだろう。

ジェイクは手を伸ばして、シャーリーの華奢《きやしや》な手に重ねた。打ち解けようとしない彼女の目の表情に、彼は落ち着かない気持ちになった。「シャーロット、そんなに硬くならないで」穏やかな声で言うと、指を絡めて持ち上げた。手の甲にキスをしながら横へ唇を動かしていく。「ゆっくり食事を楽しんで、お互いのことを知ろう。ぼくたちは友達になれるはずだ。そうだろう?」

友達ですって? 何気なく触れられただけで、全身の神経が震えた。ジェイクのような最高の男性と、たんなる友達づき合いができるだろうか。しかし、とにかく、そこから始めなければ。

「ええ、いいわ」なんとか冷静を装い、会話を続けた。「では、教えて。どうしてジェイクという名前なの？　イタリア人らしくないわ」

「母はアメリカ海軍の工兵と婚約していたんだ。ところが、海の事故で彼は死んだ。それでぼくに、父である彼の洗礼名をつけたというわけさ」

「お気の毒に。婚約者を亡くして、お母様は、さぞ悲しまれたことでしょう」

「おもしろいね。みんな、この話を聞くと、決まり悪そうに黙ってしまうか、笑ってごまかすか、冗談を言ってお茶を濁すかなんだよ。本当はロマンチストなんだろうね、きみは」絡められた彼の指にわずかに力が加わった。「そう、母はとても悲しんだ。死ぬまでほかの男性には見向きもしなかったよ。もちろん、息子のぼくは例外だ。愛情たっぷりに育てられた」そう言って口元をゆるめた。

名前のことはその場の思いつきで何気なく尋ねた。ほっとしたことに、ジェイクが気を悪くしている様子はない。むしろ、ふたりの間に漂っていた緊迫した空気が和らいだ。ジェイクと友達になることが、現実味を増したと思うとうれしかった。しかし、ロマンチストという評価には首をかしげた。自分では現実的な人間だと思っている。でもそれは、ジェイクに出会うまでのこと……。

「だけど、母は例外中の例外だよ」ジェイクは椅子の背に体を預けた。まだシャーリーの手を握ったままだ。「経験から言わせてもらえば、ほとんどの女性は、男の金を引き出す手段として婚約を考えている」

皮肉っぽい態度にシャーリーは驚いた。「経験からって、婚約したことがあるの？」

「一度、二十三歳のときにね。まだ世間知らずだったよ。結婚指輪を買い、結婚式の準備のためにお金を渡し、すべて準備を調えた」

「ところが、あなたは彼女を捨てた」シャーリーは笑顔のままでいたが、結婚しているかもしれないという疑いが、ふたたび頭を持ち上げた。「それとも結婚したのかしら」

ジェイクは一瞬、驚いたような顔をし、それから声をあげて笑いはじめた。だが、目は少しもおもしろそうではなかった。「女性というのは、たいてい男のせいにするんだね。違うよ。捨てられたのはぼくのほうさ。フィアンセは、別なことに金を使ってしまったんだ。だから、結婚もしていないし、する気もないよ。結婚を信じていないんだ」

悪いことをしたとシャーリーは思った。どんな女性であれ、ジェイクのもとを去るとは思えなかったのだ。ずいぶん前の話とはいえ、まだ深い傷となって残っているのだろう。優しい気持ちが込み上げた。「おかしなことを尋ねてごめんなさい」

「いいんだよ、なんとも思っていないから。ぼくのことはもういいだろう。あのみごとなフランス語をどうやって身につけたのか、教えてくれないかな。ほかにも外国語ができる？」

「いいえ、フランス語だけよ」シャーリーはジェイクに調子を合わせることにした。元婚約者の話をするのが、今もつらいのは明らかだ。急に彼が人間味を増したように感じた。

「学校で習ったの。でも話せるようになったのは、十一歳のころ、フランスの父の家へ行くようになってからね」

「ああ、そうか、お父さんね。気づいてもよかった」ジェイクは握っていた手を放した。彼の顔に憂鬱《ゆううつ》な影が漂った。何が原因だろうとシャーリーはいぶかった。まだ元婚約者のことを考えているのだろうか。そのときワイン係がシャンパンのボトルを持ってやってきた。ふたりのグラスにシャンパンを注《つ》ぎ、クーラーのなかにボトルを入れると歩み去った。

「ぼくたちふたりに乾杯しよう。そして、長い友情の始まりに」

ジェイクはグラスを掲げ、シャーリーもそれにならった。ウエイターが料理を運んできた。

「ほかに身内の人は？」ひと皿目を食べ終わるころ、ジェイクはふと思いついたように尋ねた。

「母はわたしが十一歳のときに亡くなったわ。祖父母も世を去って、今では、わたしひとり」

「確かなのかな？　お父さんのことだから、ひょっとして……」嘲笑《ちょうしょう》をにじませながら言った。

「ええ、間違いないわ」シャーリーはその質問に驚いて、ジェイクの顔を見上げた。彼の目に苦々しげな色がよぎった気がしたが、思い違いだったようだ。ジェイクはすぐに笑顔になった。

「勝手な想像ばかりしていると、嫌われそうだね。お父さんの武勇伝には、尾鰭《おひれ》がついていることぐらい、考えればわかるのに。噂《うわさ》が流れれば、絵の値段が上がる」

「そういうことは、よくわからないんだけれど」シャーリーはつぶやくように言うと、空になった皿を押しやった。ジェイクの言葉には、どこかしらおどけた調子があるのだが、それとは裏腹な雰囲気が伝わってきて、シャーリーは警戒した。それに、父のことや絵の値段について、あのように言われるのは不愉快だった。

「ああ、もちろん、そうだろうね」そのあとは食事が終わるまで、ありきたりな話に終始した。

一時間ほどシャーリーは、それなりに楽しむことができた。ジェイクは話し上手だ。ごく自然に会話は流れ、今の住まいや、祖母の死後に学校を辞め、ウィンダミア湖を望むホテルを経営する祖父を手伝いはじめたことなどを話した。

ジェイクも過去について話した。八歳のときに母親が世を去り、孤児院へ送られ、悪い仲間とつき合うようになった。十歳のとき、ある男のポケットから財布をすり取ろうとして失敗した。ところが、その男が、ジェイクを養子にするという奇跡みたいな出来事が起こった。おかげで犯罪から足を洗うことができた。勉強に対する意欲がわき、造船技師になった。それからはとんとん拍子に進み、今では自分の会社を持っている。育ての親はまだ健在で、定期的にふたりのもとを訪れているという。

聞き終わるとシャーリーはほほえんだ。彼は心の優しい人だ。親身になって世話をするタイプだろう。

しかも、官能をくすぐる魅力の持ち主でもある。食事とシャンパンを楽しみながらも、ジェイクはシャーリーの情熱の炎をかき立てた。自分の皿からフォークで料理をすくってシャーリーに差し出し、何気なく彼女に触れ、親しげにほほえみかける。食後のコーヒーが運ばれてきたときも、シャーリーはシャンパンをほとんどひとりで飲んでしまったことに気づいていなかった。スプーンで砂糖をコーヒーに入れ、さらにミルクを加えた。彼の洗練された魅力に抗《あらが》おうとする気持ちは完全にうせていた。

「うれしいね。きみは体形ばかり気にしている女性ではないようだ」ジェイクは彼女のコーヒーカップに目を向けつつ言った。それから視線を上げ、丸く盛り上がった胸のあたりに漂わせ、上気した顔にすえた。彼は唇に微笑を浮かべながら、ようやく黒い目でシャーリーの視線をとらえた。「いつまで見ていても、見飽きることがない。完璧だよ」かすれた声で言った。

言葉よりも黒い目の輝きのほうが、彼の気持ちを雄弁に物語っていた。シャーリーもまったく経験がないわけではなく、恋の駆け引きをしたことはある。しかし、これほど濃密なものは初めてだ。血管が激しく脈打つ。急に唇が乾いたような気がして、舌で湿り気を与えた。その様子を見たジェイクが、息をのんだ。

「もう行こうか」いきなりそう言うと、彼は紙幣をテーブルに置いて立ち上がり、シャーリーの腕をつかんで引っ張るようにして立たせた。

「急にどうしたの？」せかされながらレストランを出るとシャーリーは尋ねた。彼の体が緊張している。

「知らないふりはなしだよ、シャーロット」

その声は性的な飢えをのぞかせてしゃがれ、シャーリーはぞくりとした。ジェイクは腕をつかんでいた手を放すと、シャーリーの腰にまわし、抱きかかえるようにして車へ歩きはじめた。

「さあ、乗って」ジェイクは助手席のドアを開けて、シャーリーを座らせた。ボンネットの先をまわって運転席に向かいながら、ぼくはいったい何をしているんだと自問する。あの手の女性は、軽蔑《けいべつ》の対象でしかない。それなのに、どうしようもなく欲望が込み上げてきてしまう。感情に左右されず、理性的であることを信条としてきたジェイクにとっては、認めがたいことだった。頭のなかはみだらな想像でいっぱいだ。彼女をベッドに誘い込めば、この闇雲《やみくも》な情動も消えるのではないか。

シャーリーは助手席でひとり座りながら、これからどうしようかと考えた。それも一瞬のこと、ジェイクが運転席に滑り込み、手を伸ばしてくると心を決めた。

ジェイクの手が後頭部へまわされ、唇が重なり合う。熱いキスはシャーリーの情熱に火をつけた。

両手を彼の首の後ろへはわせると、無性に何かが欲しくなり、経験したことのない激しい欲望が込み上げた。豊かな黒髪を指に絡めてまさぐる。彼の片手が喉元から下りていき、豊かな胸の丸みに触れた。全身が震え動いた。ジェイクが顔を上げ、シャーリーの潤んだ青い目と燃えるような黒い目が出合う。「ジェイク」ため息とともに彼の名を呼んだ。

短時間のうちに、これほど夢中にさせられた女性は久しぶりだと、ジェイクは思った。下半身が痛いほど高ぶっている。シャーリーは身を震わせ、懇願するような声をもらした。黒いドレスをはぎ取り、すぐにでも彼女を手に入れたかった。だが彼女の服を脱がそうとしたとき、パトカーのサイレンが聞こえてきた。それはだんだん大きくなり、すぐに耳を聾《ろう》するほどになった。ジェイクはわれに返った。

さっと頭を持ち上げると、パトカーが脇《わき》を走り去っていくところだった。ジェイクはイタリア語で小さく悪態をつき、運転席のシートに体を預けた。

「まいったな」ジェイクは黒髪を手ですいて、隣に座っているシャーリーに目を向けた。「車のなかで女性に迫るなんて、十代のときに一度やっただけだよ。今夜で二回目だ」うっとりとした表情を浮かべたシャーリーの美しい顔を、後ろめたそうに眺めた。ぷっくりとした唇を見つめながら、ジェイクはうめき声をあげそうになった。

「わたしは初めてよ」シャーリーはため息混じりに言った。情熱の渦にのみ込まれて、深く沈み込んでいた意識が、ゆっくりと浮上する。

ジェイクはシャーリーを見つめながら、思いがけない返答に驚いていた。危うく信じるところだった。そんなこと、あるわけがない。彼女の父親は、女性を誘惑することなどお手のものだ。女とはいえ、シャーリーがその才能を引き継いでいるのは間違いない。緊張しきったぼくの体が、痛いほどそれを実感している。彼は震えの止まらない手でイグニションをまわし、車を発進させた。自分自身に腹を立てていた。いや、理性を失うほど夢中にさせる青い目の美女が腹立たしかった。

「どこに泊まっているんだっけ?」先ほど聞いたかもしれないが、忘れてしまった。ジェイクらしからぬことだ。彼女がレイクビュー・ホテルを経営し、そこに住んでいるのは覚えているが、ロンドンではどこに滞在しているのか思い出せない。ジェイクは大きく息を吸い込んだ。いかなる場合でも感情を抑え、理性的に振る舞えると自負していた。シャーリーに自制心を奪われたことが悔しい。

彼の低い声がざらつき、シャーリーは体がぞくぞくとした。情動に突き上げられながらも、シャーリーは現実の世界に必死にしがみつこうとし、頭の隅で自問していた。ほとんど他人といってもいい男性とキスをするなんて、いったい何をしているの？　シャーリーは助手席で背筋を伸ばし、向こう見ずな自分をたしなめた。「デイブという友達のアパートメントよ」冷めた声に聞こえるよう願いつつ、住所を伝えた。

「すてきな場所だね」ジェイクは歯を食いしばりながらギアを変えたが、ぎこちない動作になった。これで疑問の余地はなくなった。男がいるのだ。あのあたりにアパートメントを持っているくらいだから、裕福な男に違いない。驚くには値しない。ずっと引っかかっていたことが確かめられただけだ。あの父にしてこの子ありだ。シャーロットのような女性は、長い間、男なしではいられない。だからといって怒る気にはなれない。

「今夜の締めくくりに、ぼくのホテルで一杯飲まないか？　そのあと送っていくよ」彼女の父親がアンナを誘惑したようにシャーロットの心を奪おう。もっとも、今は一刻も早くベッドに引き入れ、ほかの男のことなど吹き飛ぶほどの思いを味わわせてやりたかった。そうすれば、軽蔑すべき女性を求めてしまう、わけのわからない気持ちもおさまるだろう。

シャーリーは頬を赤らめた。〝きみの部屋へ行く、それともぼくの部屋？〟ときかれたも同然だ。どちらにしろ〝喜んで！〟と叫びたかった。心が動揺し、誘惑に屈しそうになる。浮上しつつあった正常な意識が、あっという間に感情の深みへと沈んでいく。こんな男性にめぐり合ったことはない。

シャーリーは大人たちに囲まれて育った。大好きな湖水地方の山々やそそり立つ岩山を駆けまわった。趣味は、ヨットとロック・クライミング。国際緊急救助隊のメンバーであり、地元のレスキュー隊にも所属している。優秀な支配人として、日々ホテルの運営に力を尽くし、宿泊客に対する心づかいを忘れずにいる。おかげで、経営は順調だった。

二週間、ロンドンで過ごすようにシャーリーに勧めたのは、救助隊のリーダーであるデイブだ。ふたつの仕事をかけ持ちし、しかも父親の死に見舞われて疲れきった彼女を休ませようと考えたのだ。シャーリーはこの申し出を受け入れた。首都ロンドンの華やかな雰囲気を楽しむのは初めてだ。

男性に関しては、まわりにいるのは救助のプロフェッショナルばかりで、シャーリーを男として扱う。彼女もそれを望んでいた。ジェイクの整った目鼻立ちを眺めながら、救助隊の男たちとは別世界の人だと思った。

車は静かに停《と》まった。ジェイクは運転席に座ったまま、体をわずかにシャーリーのほうへ向けた。黒い目がシャーリーの視線をとらえる。「それで、どうする？　もうホテルに着いてしまったよ」

ジェイクが求めているものが、お酒だけでないことはわかっていた。彼は黙って答えを待っている。ふたりきりの車のなかに、性的な雰囲気が濃厚に漂いはじめた。いきなりシャーリーは怖くなった。絡み合った視線を外し、窓の外を見る。ロンドンでも一、二を競う豪華なホテルだ。だめ、まだ早すぎる。

慎重に口を開く。「今日はもう飲みすぎたみたい。とにかく、誘ってくれてありがとう」

彼は黒い目をわずかに細くした。怒ったのかと思ったが、すぐにがっしりとした肩をすくめた。「わかった」額に軽くキスをし、前を向くと車を出した。「明日の十二時、迎えに行くよ。昼を食べてから、どこかへ行こう」

「本当に？　でも、まずはわたしの都合をきいてほしかったわ」そう言い返したが、言葉に刺《とげ》はなかった。ささやかながら反抗したものの、彼と出かけるチャンスをつぶすことにならず、内心ほっとした。「わたし、休暇で来ているのよ。ふつうの旅行者みたいに、明日は大英博物館へ行くつもり」

　ジェイクの男としての本能が、ベッドに誘い込めと迫ってくるが、彼女の青い目に宿るおびえのような光が、二の足を踏ませた。この女性は恋愛においても自分勝手で、金にいやしいに違いない。経験からいえば、たいていの女性はそうなのだ。

　ジェイクには現在つき合っている恋人はいない。皮肉にも、それはシャーリーの父親のせいだ。彼が死んだことで、イタリアの家に閉じこもらなければならない事情ができ、ニューヨークでモデルをしている、いちばん新しい恋人メリッサをほうっておくことになった。メリッサは彼を見限り、ほかの金持ちの男に鞍《くら》替えしてしまった。

　別に驚くことではない。手も金もかかる女性としては、メリッサの右に出る者はいないだろう。ジェイクはアパートメントの近くで車を停めて降りると、助手席のドアを開けた。

手を差し出しながら言った。「さあ、シャーロット。なかまで送っていこう。だいじょうぶ、朝まで一緒なんてことはないから」乾いた笑い声をあげ、彼女の唇に指を当てた。「おっと、言われる前にひと言。明日は昼食を一緒にとって、大英博物館へ行く」指と指を絡ませながら、ふたりはエレベーターの前まで歩いた。彼女の澄んだ目に、警戒するような表情が漂うのを見てジェイクはほほえんだ。今夜はもう心配しないでいいのに。ほかの男性とともにしているベッドで愛を交わすことはしない。「じゃあ、明日」シャーリーの額にキスをして車に戻った。

3

ジェイク・ダマートは、広々としたホテルのスイートルームをゆっくりと歩きまわった。欲求が満たされず、眠ることができない。あの青い目のブロンド女性のせいだ。いや、それだけではない。アンナの絵のことも重く心にのしかかっている。

二年間、アンナはロバート・サマビルとの結婚を望みながら待っていた。ジェイクの胸に思い出があふれ、整った顔が深い悲しみに大きくゆがんだ。彼が十二歳のときにアンナは生まれた。ジェイクは妹を深く愛し、十八歳で家を出るまで、その成長を喜びとともに見守った。

大学を卒業してからは忙しく、誕生日や休暇のときに顔を合わせるだけだったが、アンナはいつも元気いっぱいだった。ジェイクが大企業を率いる身になったころ、アンナも幸せそうで、駆け出しのグラフィック・アーティストとして意欲を燃やしていた。アンナの充実した生活に満足して、ジェイクは仕事に没頭し、忙しい日々を送った。

そんなアンナは、もういない。

後悔と怒りで胸が張り裂けそうだ。いったいどうして、父親ほど年の離れた男と関係を持ち、裸婦画のモデルになったのだろう。

わからない。アンナの死後、罪の意識にさいなまれている。ぼくにも何かができたはずだ。

二年前、ニースで久しぶりに昼食を一緒に食べたときに、サマビルのことを打ち明けられた。サマビルについては何も知らなかったが、アンナはとても幸せそうで、あえて問いただしたりはしなかった。結婚するのも、時間の問題だろうと思っただけだ。

しかし、五カ月前にジェノバの自宅を訪ねてきたアンナを見て、サマビルの名前を聞いたときすぐに身元を調べさせなかったことを、激しく後悔した。

アンナは抜け殻のようになっていた。ジェイクの肩に寄りかかって泣きながら、ふたりの関係を洗いざらい話した。仕事を辞め、一年以上もサマビルと暮らしていたが、彼は娘のためにアンナを追い出したのだ。

サマビルは、娘とアンナを引き合わせることをかたくなに拒んだ。娘を動揺させないために、彼女が来ている間、アンナは家を離れなければならなかった。わずか二、三週間のことだからとサマビルは請け合った。そのまま彼は、この世を去り、アンナはその死を知らず、葬式に出ることもなかった。

最後にアンナと会ってから、数週間後に悲劇が起こり、ジェイクは悲しみのどん底にたたき落とされた。アンナの死に責任のある男はすでに土のなかで、どうしようもなかった。アンナの両親は、廃人同然と化してしまった。三カ月の間、ジェイクは仕事は二の次にして、ふたりにつき添って過ごした。

今回ロンドンに来たのが、妹の死後、最初の出張だった。そしてホテルのロビーで展覧会のリーフレットを目にし、ふたたび怒りの火が燃え上がったというわけだ。アンナの裸婦画は、イタリアの家へ早々に送らせた。公衆の面前にさらされるのを防ぐことができなかったのは、今も腹立たしく思う。破り捨ててしまうつもりだが、とにかくアンナの両親があの絵の存在を知らないのが救いだ。

シャーリーは最後にもう一度、鏡で自分の姿を確認した。長い脚を強調する細めのグレーのスラックスに、淡いピンクのカシミアのセーターを合わせた。大きな留め金のついた太い鎖のベルトは、腰の下で低く垂れ下がっている。靴は、グレーの皮革のハンドバッグに合ったローファーを選んだ。髪を耳の後ろへ流してピンで留めようか迷ったが、結局自然に下ろし、肩のあたりでゆるやかにカールさせた。なかなかいいわ、とひとりほほえむ。

ゆうべはほとんど眠れず、ベッドのなかで寝返りを打ちながら、ジェイクのことばかり考えていた。キスや手の感触を思い出し、体がうずき、シャーリーは心に決めた。次に機会が訪れたら、ジェイクとの関係を深めよう。友達にはなれるよねと彼は言った。正直なところ、シャーリーはそれ以上のことを求めていた。知り合ってわずか数時間だが、シャーリーの世界は大きく揺れた。体が激しくジェイクを求め、嵐《あらし》のように逆巻く感情に五感が鋭く研ぎ澄まされた。本当の愛を経験したことはないけれど、これこそ愛に違いない。少なくとも愛に限りなく近いものだろう。

二十六歳のシャーリーに男性経験がないのは、救助隊員として男勝りの生き方をし、同僚の男性もシャーリーを女というよりも仲間として扱っているからだ。もちろん恋愛の経験がないわけではない。男性とキスしたことはあるけれど、期待ばかりが大きく、満たされないものを感じていた。ところが、ゆうべ、ジェイクと出会ってすべてが変わった。シャーリーは自らの道を進む女性だ。やりたいことをやる。今はジェイクが欲しい。彼こそ魂を触れ合わせることができる相手だという直感が、心の奥底から突き上げてくる。

そのとき、ドアマンがインターコムを押し、ミスター・ダマートが来たと告げた。シャーリーはあわてて答えた。「今、階下《した》に行くわ」

エレベーターに乗り込む脚が震える。一階に着くと、息を吸い込み、呼吸を整えてから廊下へ踏み出した。受付カウンターに寄りかかったすばらしい男性に目が吸い寄せられ、シャーリーはその場に立ち尽くした。

ビジネススーツを着たジェイクもいいが、今日の彼は息が止まるほどすてきだ。ブラックジーンズは長い脚を際立たせ、腿の筋肉を浮かび上がらせる。黒のボタンダウンのシャツは、第一ボタンを外し、たくましい首の線をのぞかせている。さり気なくはおった黒革のジャケットが、広い肩幅を包み、どこを取っても非の打ちどころがなかった。

激しく躍り狂う心臓に悪態をつく。カジュアルな装いなのに、これほどエレガントになれるのは、イタリア人だからだろうか。目をそらすことができなかった。ジェイクは頭を上げ、背筋を伸ばすと歩み寄ってきた。

「やあ、シャーロット」いとおしむように名前を呼び、半分閉じた黒い目でシャーリーを眺めながら、距離を縮めた。「すてきだよ」息を吸ういとまも与えずに、彼の手が伸びてきてシャーリーの腰を抱いた。もう片方の手は背中へまわされ、柔らかく垂れ下がった髪をもてあそぶ。

絶妙のタイミングで唇が寄せられ、軽くキスされた。それだけで、シャーリーの脚は萎《な》えてしまった。彼の舌を感じ、体じゅうが燃え上がった。

昨夜、車のなかで交わした口づけには、うっとりとしてわれを忘れた。ところが今は、大きく力強い体が密着し、彼の熱く高ぶった気持ちが直接伝わり、激しく心が動揺した。自分の興奮も伝えたいと思うとぞくぞくする。膝に力が入らず、シャーリーは無意識のうちに彼に体を預け、みなぎる力に包まれながら、呼吸のたびに上下する胸板の厚みを意識した。

「昼を一緒に食べる約束だったね」彼は唇を合わせながら言い、頭を持ち上げると、一歩後ろへ下がった。シャーリーの肩に手を置いて支える。「ドアマンに噂《うわさ》の種を提供してもしょうがないし」

現実に引き戻されたシャーリーは、食い入るようにジェイクを見つめていたことに気づき、うつむいた。頬が染まっていくのがわかる。「ええ、そうね」小声で答えた。

「顔を赤くする大人の女性というのは、いいね」ゆっくりとした口調でそう言うと、肩に腕をまわしたまま建物の外へシャーリーを導いていった。

「車はないの?」腕が肩から離れ、彼が手を握って舗道を歩きはじめたので、シャーリーはきいた。

ジェイクはシャーリーに目を向けた。いたずらな笑みを浮かべている。「ふつうの旅行者みたいに博物館へ行きたいって言ったからね。観光客はぶらぶらと歩きまわるものだよ。違うかい? それに、すべてを一緒にわかち合いたいんだ。まず昼食は、一本のワインで始める」

シャーリーは思わず吹き出した。「わたしをだしに使って、本当はワインが目的なんでしょう」

「本当の目的を話しても信じてくれないだろうね」ジェイクは素っ気なく答えると、シャーリーの体をくるりとまわして腕のなかに抱え込み、いきなりキスをした。シャーリーは頭がぼうっとした。そのせいで、ジェイクの黒い目に冷笑が浮かんだのに気づかなかった。

大英博物館の庭にあるレストランに入ると、ジェイクは先ほどの言葉どおりワインを注文し、ふたりで飲んだ。食後はコーヒーとコニャックでゆっくりしたあと、博物館の展示物を見てまわった。

ジェイクのホテルに帰ってきたときには、七時になっていた。

腰にまわされた彼の腕の温かさを感じながら歩いていると、ジェイクが立ち止まって尋ねた。「さて、どうする、シャーロット。ここで一緒にディナーをとる？　それとも歩いてアパートメントへ戻りたい？」ふたりともこの言葉の真意をくみ取っていた。今日一日は、このときのためにあったのだ。

シャーリーは顔を上げてジェイクを見つめた。彼の輝く黒い目の奥に、うっとりとした自分の顔が映っている。激しい感情が込み上げ、一瞬言葉が出てこなかった。

ジェイクは手を伸ばし、長い指でシャーリーの柔らかな頬を愛撫《あいぶ》し、それから喉へと下ろしていった。首のつけ根で指を止め、猛烈な勢いで脈打つ血の流れを指先に感じた。シャーロットがぼくを求めているのはわかっている。しかし、彼女はまだ踏んぎりがついていない。

彼は親密そうにほほえんだ。「きみしだいだよ。どちらにせよ、ぼくはあと二週間はロンドンにいるからね」ゆっくりとシャーリーの体を眺め、セーターに包まれた胸の頂のあたりで視線をさまよわせ、それから目と目を合わせた。「今日は楽しかった。また仕事の合間に、ぜひ一緒にロンドンの観光を楽しみたい」

心から楽しみにしているのは、彼女の華奢《きゃしゃ》な体の線をなぞることだ。ふっくらとした丸い曲線、隠された谷間、ありとあらゆるところを堪能《たんのう》し、彼女のなかで至福のときを過ごす。そのうち絶対に。

今朝、シャーリーはジェイクとの仲を深めようと決めていた。そして今日一日つき合って、ますます彼の魅力に引かれた。じっとジェイクに見つめられ、体が熱く燃え上がる。今こそ素直になるときだ。ゆうべ、彼は結婚するつもりはないと言った。二週間ふたりで楽しみ、そのあときっぱりと別れよう。ほかに選択肢はない。ジェイクとだけわかち合いたい、体の奥に秘めた衝動がある。

シャーリーは震える息を吸った。「歩き疲れたわ」

「ぼくもさ」ジェイクは彼女の手を握り、ホテルのなかへ導いた。

エレベーターのドアが閉まるのを眺めながら、シャーリーは自分の行動が信じられなかった。しかし、体の欲求はとても強く、いくら頭で否定しても抗《あらが》うことはできなかった。閉じた目を軽く開けて、まつげの隙間《すきま》から彼を盗み見る。たくましくてものすごく男らしい。見ているだけで動悸《どうき》が激しくなった。外見だけではない。おそらく、あらゆるものが渾然《こんぜん》一体となって魅力をかもし出しているのだろう。

「着いたよ」ジェイクは体を緊張させて、シャーリーの背中に腕をまわし、エレベーターを降りた。カードキーでドアを開け、スイートルームのなかに導く。このまま彼女を抱き上げて寝室へ直行したいという思いを必死に抑え、ジャケットを脱いでバーに向かった。「何か飲むかい？」シャーリーに向き直ると、目が釘《くぎ》づけになった。いまいましいことに、彼女はあまりにも美しかった。

シャーリーはその場に立ったまま、上品な室内を見まわしていた。思っていたよりもずっと豪華な部屋だ。もっとも、ジェイクは想像していたような振る舞いには出なかった。両腕に抱かれ、情熱のおもむくまま、愛の行為が始まると思っていたのだ。まさか。ジェイクはとても洗練された人、分別を失うはずがないわ。しかし、またも彼女の予想は外れた。

「そうね――」オレンジジュースを頼むつもりだったが、その間もなかった。

「飲み物なんかあとだ」うなるように言うと、彼は猫のような敏捷《びんしょう》さで歩み寄り、シャーリーを胸に抱き締めた。唇が重なり、シャーリーは甘いうめき声をあげた。

シャーリーは、判別のできない何かに突き動かされた。背中にまわされた腕に力がこもり、がっしりと盛り上がった胸にきつく抱き締められた。熱い気持ちが伝わってくる。ほっそりした手を彼の胸にはわせて、シャツのボタンを探り当てた。

唇を重ねながらジェイクはほほえみ、ささやいた。「さあ、脱がせて」ふたりのまなざしが絡み合う。黒い目の奥に、はっきりと誘うような調子があった。

シャーリーは顔がほてり、茫然《ぼうぜん》となった。ためらいもなく男の人のシャツを脱がせられるほど、経験があると思われているに違いない。思いきってする？　ええ、そうよ……これこそ求めていたことじゃない。シャーリーはボタンをひとつ外した。シャツの下の熱い肌に触れると、胃がひっくり返るほどの衝撃を受けた。

「続けて」ジェイクはしゃがれ声で言った。両手がシャーリーの背中をさする。「それとも、先にきみの服を脱がせたほうがいいかな」

ふたたび熱い唇がシャーリーの口をふさいだ。それからゆっくりと下りていき、きれいな曲線を描いた首に押しつけられた。彼の唇が離れるとシャーリーは声をあげ、求めようとする自分を必死に抑えた。

「待って、かわいい人《カーラ》。まずはベルトだ」彼は手際よく彼女のベルトを外し、床に落とした。「次にどうしてほしいのかな。言われたとおりにするから」

欲しいのはジェイクだ。シャーリーは自分でも驚くほど器用に指でシャツのボタンを外していき、手を止めた。筋肉の盛り上がった小麦色の広い胸があらわになり、目を見開いた。体を傾け、ためらいがちに裸の胸に手をはわせると、手のひらに彼の熱を感じた。畏《い》敬《けい》の念を込めたまなざしでジェイクの目を見つめ、つぶやく。「すてき」

「それはこっちのせりふだよ」彼はおどけたように言い、顔をうつむけて唇を重ね、シャーリーをきつく抱き締めた。今度のキスは長く、熱烈だった。あまりにも激しかったので、熱くたくましい体がいきなり離れたとき、シャーリーは息もできず、脚はまるでゴムのようで、立っていることもできなかった。

でも、立っている必要などなかった。

4

「場所が悪いね」ジェイクはシャーリーを抱きかかえた。「それにふたりとも、まだ服を着ている」からかうように笑うと、ベッドルームへ歩いていき、彼女を下ろして体に寄りかからせた。それから一歩下がって靴を脱ぎ、シャツを腕から抜き取った。

畏怖《いふ》の念すら起こさせる美しい上半身だ。シャーリーは茫然《ぼうぜん》として、ただ見つめた。幅の広い肩や胸は、ウエストへ向かって締まっていく。金のように光る肌、長い腕、そして手……。彼の手はズボンのボタンを外していた。シャーリーは息をのみ、心臓は口から飛び出しそうに躍り狂った。

「どうかした?」両手で腰を支えられ、シャーリーはほっとした。激しい官能の嵐《あらし》に、体が震えた。

「いいえ。ものすごくすてきな気分よ」なんとか彼のスマートなやり方についていこうとしたが、声がうわずった。

「でもきみは、服を着すぎているね」セクシーな笑みが、ゆっくりとジェイクの顔に広がっていく。黒いまつげの下の目が輝いた。「手を貸そう」ハスキーな声で言うと、セーターの裾《すそ》をつかみ、腰から引き上げる。

黒い瞳に見つめられ、催眠術にかけられたようだ。シャーリーは操り人形となった。両腕を上げると、頭からセーターが抜き取られた。あらわになった背中にジェイクの手がはい、ブラジャーも外された。

「すばらしい」彼は丸みを帯びた美しい胸のふくらみを手のひらで包みながら、かすれた声で言った。

シャーリーは熱い息をのみ込んだ。いきなり胸に重みを感じ、頂が硬くなった。喜びが満ちあふれる。男性の前でこんな姿をさらす場面を、想像したことはなかった。視線を上げると、ジェイクが熱い目でこちらを見つめていた。シャーリーは頬を染めた。

「恥ずかしがることはないよ。みごとな胸だ」

硬くなったシャーリーの胸の先端を指でさすりながら、ジェイクはふたたび熱烈なキスをした。それから体を引き、着ているものを脱いだ。

裸になったジェイクの姿に、シャーリーの目は釘《くぎ》づけとなった。全身の筋肉が固く引き締まり、黄金色の肌は滑らかだ。大きく見開いた目で彼の体の線をたどるにつれ、顔がほてった。生まれて初めて、たくましい男性の高ぶりを目の当たりにして、視線をそらすことができなかった。

「次はきみの番だよ」ジェイクがハスキーな声で笑いながら言った。あわてて顔を上げると、ふたりの視線が出合う。シャーリーは言葉が出てこなかった。

ジェイクは彼女のスラックスに手をかけ、下着もろとも押し下げた。慣れた手つきだ。それから両手で彼女を抱え上げるとベッドまで運んだ。

「信じられない」滑らかで真っ白な肌を見下ろしながらジェイクはささやいた。白い胸は隆起し、ピンク色の先端が突き出ている。恥ずかしさにシャーリーは手で顔を覆い、ジェイクの熱い視線をさえぎった。「いや、だめだよ」彼は隣に腰を下ろし、顔を覆った手を取ると、それぞれ頭の両脇《りょうわき》のベッドに押しつけた。「美しい」声がかすれている。ジェイクの視線は硬くなった胸の頂のあたりをしばらくさまよい、やがて顔に向けられた。「それに、ものすごくセクシーだ」唇が重なる。

たくましい体が押しつけられた。固く肉感的なジェイクの唇と、口のなかを動く舌、そして彼の味。シャーリーは理性のたがが外れ、押さえつけられた手を振りほどこうとした。

「お願い、あなたに触れさせて」本心をさらけ出した。

ジェイクは笑みを浮かべて手を離し、シャーリーの目をのぞき込んだ。「ぼくも、きみのあらゆるところに触れたい。いろいろなやり方でね」そう言うと、シャーリーの体に顔をうずめ、喉の線に沿って唇をはわせ、徐々に頭を下げた。ピンク色の頂に歯を当て、舌の先で転がしながら、手はウエストの曲線をなぞって腿の内側へ伸びていく。

シャーリーは両手を彼の豊かな黒髪に差し入れた。彼の体に押しつけるように腰を突き上げると、胸から腿のつけ根のあたりまで、激しい歓喜が走った。ジェイクは敏感な肌を慈しむように舌をはわせ続け、やがて唇は腰の線をたどり、腿から足の裏へと下りていった。熱のこもった官能的な愛撫《あいぶ》に、喜びが体を突き抜け、シャーリーは身をくねらせた。ふたたび唇が重ねられ、むさぼるような熱烈なキスを交わした。シャーリーは感情の奔流に身を任せた。

手のひらでがっしりとした肩をまさぐり、固い胸板に痛いほど敏感になった胸の先を押しつける。こんなにエロチックな行為が自分にできるとは、夢にも思わなかった。ふたりの肌がこすれ合って興奮が高まり、喜びが満ちあふれた。

まるで別人になった気分だ。セクシーで自由奔放な女性に。シャーリーはジェイクの肩のラインに鼻を押しつけた。腿に当てられた彼の手が、痛いほどうずいている秘めやかな部分へ伸びていくと、うれしい予感に体が震えた。シャーリーは頭を下げて、固く張りつめた彼の胸の先端に唇を寄せ、片方の手で引き締まった腰をなでながら、欲望の証《あかし》を探し求めた。

ジェイクはシャーリーの髪を指に絡ませ、頭を持ち上げた。「そんなにあわてないで」目の前にある彼の顔に穏やかな笑みが広がる。「きみに喜んでもらいたいし、早く終わらせたくないんだよ」

シャーリーは潤んだ目でジェイクの顔を見つめた。かき乱れた黒髪、欲望がたぎる黒い目、口元にはいたずらっ子のような笑みを浮かべている。そのほほえみを見ただけで、体のなかが熱い糖蜜《とうみつ》のようにとろけてしまった。細い指で高まりにそっと触れると、彼は低くうなった。「どうして早く求めてはいけないの？」息もできないほど胸をときめかせながらジェイクをあおる。大昔から人間に備わっている欲求に従い、それに導かれて振る舞う。シャーリーのサファイア色の目が見開かれ燃え上がった。「何度でもできるのに」

ジェイクはシャーリーの手を取り、自分の胸まで引き上げたが、意志の力を総動員しなければならなかった。困ったことに、どこまでも魅了されてしまう。それに、彼女の言うとおりだ。どっちみち、一度の行為では満足できないだろう。ジェイクは彼女の唇が体をはうに任せた。飢えのような欲望を、もはやコントロールできなかった。

ジェイクのキスが一段落すると、シャーリーは悲鳴をあげる肺になんとか空気を送り込んだ。彼の頭が下がっていき、痛いほど敏感になった胸をふたたび舌でくすぐられた。腿のつけ根に力強く長い指が滑り込む。シャーリーはがっしりとした体に両腕を巻きつけ、腰をベッドから浮かせて体と体を密着させた。じらすような彼の指の動きに、ついに我慢の限界が訪れた。シャーリーの体は白熱して興奮の極みに達し、粉々に砕け散ってしまいそうだった。

ジェイクは顔を上げた。目は黒い溶岩が渦巻いているようだ。高い頬骨を覆う褐色の肌は、色濃くなっている。「ぼくが欲しい？」

「ものすごく」シャーリーはうめいた。ジェイクの体が覆いかぶさってくる。彼はシャーリーの腰に手をまわし、持ち上げた。

シャーリーは全身を震わせた。彼が入ってくると、はっという声とともに息をのんだ。シャーリーが息を止め、拒むように体を硬くしたので、ジェイクは動きを止めた。もしかしたらシャーリーが息を止め、拒むように体を硬くしたので、
かしたらシャーロットは、快楽からしばらく遠ざかっていたために緊張しているのかもしれない。彼は少し腰を引いてから、ゆっくりと奥へ進んだ。

かすかながらも、いきなり痛みを感じてシャーリーはぎくりとした。しかし、ジェイクがより深く入ってくると、たちまち痛みのことは忘れた。その瞬間、何もかも吹き飛び、大きな声をあげた。「ああ、そうよ、ジェイク」信じられないような快感に細い体が痙攣《けいれん》する。喜びが満ちあふれて、経験のない者の勝手な夢想を粉々に打ち砕き、忘我の境へと誘い込まれる。これが……そうなのね。もっとも、そんな考えが浮かんだのは一瞬で、ジェイクが荒々しいリズムを刻みはじめ、動きが速く激しくなっていくと、頭のなかは真っ白になった。あとは、どんどん高みに昇っていくのを感じるだけだった。

シャーリーは渇望感に駆られ、爪を突き立てていることにも気づかず、たくましい彼の体にしがみついた。熱く雄々しい肉体を全身で感じ、ふたりの体がひとつに溶け合った。ジェイクがうめき声をもらす。息も絶え絶えとなったシャーリーも彼を求めて声をあげた

が、自分ではまったく気づいていなかった。いきなりジェイクの体が激しくわなないた。感覚が一気にはじけて、波のように次から次へと衝撃が突き上げてくる。シャーリーは彼の名前を大声で呼び、クライマックスへと昇りつめた。

シャーリーがゆっくりと目を開くと、ジェイクは彼女の体の上でぐったりとしていた。シャーリーは、目を閉じたままの彼にほほえみかけた。初めて女性の喜びを知った。本には、失神のようなものと書いてあった。確かにそうだけれど、想像していたよりも何百倍もすばらしい。

ふたりの体は汗で濡《ぬ》れ、心臓は情熱の余韻を伝えて脈打っている。体の奥から安らぎが込み上げた。わたしはこの人のために生まれてきたのだと、シャーリーは夢見心地に思った。

「ありがとう《グラツィエ》、シャーロット」シルクのような髪に顔をうずめたまま、ジェイクは耳元でささやいた。「すばらしかったよ」シャーリーの額に落ちかかった髪の毛を優しく払いながら先を続けた。「ぼくの目に狂いはなかった。きみは並たいていの女性じゃない」彼はシャーリーの体から身を引き離し、ベッドから立ち上がった。

「ここにいてちょうだい」シャーリーはつぶやき、彼のほうへ手を伸ばした。

ジェイクは裸の体を隠そうともせずに立ったままシャーリーを見下ろした。「いや、すぐに戻るよ。バスルームでこれを外して、新しいのを取ってこないと。きみが外してくれるのなら別だけど」からかうように言った。

シャーリーはベッドの上で手足を伸ばし、ぼんやりしたまなざしをジェイクの笑顔に向けた。黒い髪が乱れている。情感のこもった黒い目、男らしい口元、まったく非の打ちどころがない。彼はわたしのものだ。ジェイクの体にゆっくりと視線をはわせながら、ふと、今の彼の言葉の意味を理解した。

「いいえ、遠慮しておくわ」もちろん、ジェイクは避妊具をつけてくれた。別に恥ずかしいことではないし、むしろ、ありがたい。それにもかかわらず、赤面してしまい、シーツを裸の体に巻きつけた。

ジェイクは吹き出し、声をあげて笑った。「本当に信じられないよ。たった今、愛し合ったというのに、女学生みたいに真っ赤になるんだから。からかわれている気分だよ」彼は頭を振りながらバスルームへ歩いていった。


シャーリーは、褒め言葉ととっていいのかわからなかった。赤面するのは演技ではないかとジェイクは思っているのだ。すぐ顔が赤くなるのは、昔からの悩みだ。赤面しなくなったときこそ、女性として一人前になったときなのだろう。不意に、また別の考えが浮かんだ。ジェイクは今のが初体験だと思っていないのかもしれない。でも、そんなことはどうでもいい。経験が豊富だと思ってくれたほうがうれしい。真実を知っていたら、触れようともしなかったのではないだろうか。それにしても、彼はいくつだろう。あのすばらしい体つきからして、三十代半ばだろうか。その体に隅々まで触れたことを思い出しただけで口元がゆるみ、勝ち誇った笑みがまたたく間に顔じゅうに広がった。ついに女になれた。わたしはジェイクのものだ。シャーリーは幸福な気持ちに包まれ、シーツがずり落ちるのもかまわず、腕を突き上げた。「そうよ、ついにやったわ！」

ジェイクはローブをはおり、腰のまわりで軽く紐《ひも》を結わえてから寝室に戻った。シャーリーはみごとなブロンドを背中に垂らし、化粧をしていない美しい顔で、空中に両手を突き上げている。さながらチアリーダーだ。

あのセクシーさは生まれつきのものだろう。こんなにも魅力にあふれた女性には、お目にかかったことがない。今の彼女は、まるで十六歳の少女のようだ。ジェイクは思わず笑みを浮かべた。「満足してくれたってことかな？」シャーリーが驚きに目をみはってこちらを向き、シーツの下に潜り込んだので、ジェイクは声をあげて笑った。

「いいえ。あの、そうよ。つまり……」シャーリーはしどろもどろになった。洗練された大人の女性を演じようとしているのに、これでは間抜けもいいところだ。

恥ずかしさに赤く染まった彼女の顔を、枕《まくら》に広がったブロンドが縁どっている。ジェイクはそれを眺めているうちに、守ってあげたいという妙な気持ちが込み上げてきた。下腹部に感覚が集まっていき、先ほどの行為が脈絡もなく脳裏によみがえる。

そのとき、あることに思い至ってジェイクは眉根を寄せた。当初の計画は、シャーリーをベッドに誘い込み、そのままほうり出すというものだった。しかし、ことはそのように運ばなかった。熱いシルクを思わせる彼女の感触に、自分を律しようとする意志はもろくも砕け散った。欲望にとらわれ、どうしようもない圧倒的な力に駆られて彼女を求め、一緒に昇りつめた。これほどの歓喜は珍しい。

今もベッドに戻りたくてうずうずしている。彼女の横に滑り込み、もう一度、あの感触を味わいたい。アンナがロバート・サマビルに夢中になったのも無理はない。娘が生まれつき官能的な魅力を備えているのなら、その父親は言うにおよばず、アンナが虜《とりこ》になったとしても不思議はない。

不意に、アンナがシャーリーをどう描写していたか思い出した。一日をともに過ごしたものの、シャーリーが自分勝手な女だとは思えなかった。しかし、女性が演技をする生き物だということは、経験上知っている。

「ディナーを頼もうと思うんだ。用意ができたら、一緒に食べよう」彼は素っ気なく言うと背を向けて部屋を出ていった。

シャーリーはジェイクの背中を見つめながら、彼がいきなり部屋を出ていったことに驚いていた。女子学生みたいに振る舞ってしまった。ジェイクが食事のほうに興味を移すのも当然だろう。それに、まだ宵《よい》の口だし、なんといってもジェイクは恋人なのだ。シャーリーはふくよかな唇に秘密めいた笑みを浮かべた。シャワーを浴び、食事をしてからもう一度彼と……すてきだ。ベッドから下りると、服を手に取り、バスルームへ向かった。

豪華なバスルームだった。縞模様《しま》が美しい白い大理石が敷きつめられ、四方を鏡が取り囲んでいる。彼女は前面がガラス張りのシャワー室に入り、蛇口をひねった。適温の湯に心地よく体を打たれながら、高価な石鹸《せっけん》やシャンプー類を眺めた。アロマセラピー・ソープが目に留まる。贅沢《ぜいたく》に泡立てた石鹸の感触は、まさに求めていたものであり、漂う香りに包まれながら、シャーリーは満足げにため息をついた。

これが愛というものなのね。ゆっくりと息を吐き出し、頭を壁にもたせかけて目を閉じた。両腕から肩、張りつめた胸をゆっくりと石鹸の泡で覆っていく。柔らかな肌をなでながら、ジェイクがそこに触れたときのことを思い出していく。体じゅうに熱い彼の情熱の痕跡《こんせき》が残っていて、シャーリーは声に出してうめきそうになった。

ジェイクはベルボーイにチップを渡し、寝室へ戻った。ベッドが空だとわかると、いきなり胸がずきんと痛んだ。彼女は行ってしまったのだ。だがそのとき、水の流れる音が聞こえ、ほっとした。

音をたてずに続き部屋に入り、バスルームのドアをそっと開けた。周囲の鏡にシャーリーの姿がいくつも映っている。体が緊張した。ガラスの向こうを眺めると、彼女は頭をのけぞらし、両手で胸や体全体をなでていた。濡れた髪が背中に垂れている。これほど官能を刺激する光景は初めてだ。喜びの極みで輝いていた彼女の美しい顔が、いきなり脳裏によみがえる。

シャーリーは、バスルームのドアが開いたのに気づかなかった。彼が入ってきたとわかったのは、背後でハスキーな声が聞こえたからだ。「失礼」

シャーリーは目を開き、振り返った。足が滑り、危うく倒れるところだったが、ジェイクが腰に手をまわして支えてくれた。「驚いたわ」シャーリーはすっとんきょうな声をあげた。彼は裸だった。黒い目に欲望をたたえている。

「手伝うよ、シャーロット」気がつかなかったが、彼は石鹸を手にしていて、それを胸にはわせてきた。「洗ってあげる」豊かに張り出した胸に手をのせると、泡で包んだ。「このほうが、よくないかな?」

「ええ」シャーリーは大きく息を吐いた。体が熱くなったのは、お湯のせいではない。壁際で裸のジェイクに押さえつけられているからだ。彼の両手が石鹸を泡立てながらゆっくり全身をはう。震えが走り、胸がふくらんで重くなった。頂はぴんと張りつめて硬くなり、刺激を求めた。「続けて」

かすれた声で笑いながら、ジェイクは頭を下げ、軽く開いたシャーリーの柔らかい唇を奪った。欲望が解き放たれ、たちまち熱烈なキスになる。「我慢できない」彼はとぎれがちな声で言い、体を洗う手を止めた。シャーリーの体を持ち上げ、両脚を彼の引き締まった腰に巻きつけさせた。

「だめ、倒れちゃう」両腕を彼の首にまわし、手で頭をつかんだ。彼は力強い手でシャーリーの腰を支え、さっと動いたかと思うと、ふたりはひとつになった。シャーリーは目を閉じ、頭をのけぞらして、両脚をしっかりと彼の腰に巻きつけた。荒れ狂う情熱の波が全身に広がって震えが止まらない。

ジェイクは喉の奥で低くうめいた。激しい愛の欲求に駆られ、体が彼女を求める。その名を口にしながら昇りつめた。同時に彼女がクライマックスを迎えたのを感じた。

ゆっくりシャーリーを下ろした。細いウエストは両手でつかめてしまいそうだ。こちらを見上げる美しい青い目は、驚きで大きく見開かれていた。「まずかったかな?」

「シャワーを浴びながらだなんて……」信じられないというように荒い息を吐きながらシャーリーは言った。ぼんやりしているが、うれしそうだ。

「きみとなら、場所なんか関係ないよ」彼女は男性とシャワーを浴びたことがないのだろうか。思っていたほど経験がないのかもしれない。そういえば、先ほど愛を交わしたとき、苦痛にあえぐような声をもらした。どれほどの男性経験があるのだろう。ぼくはとんでもない勘違いをしていたのかもしれない。彼女の腰にまわしていた手に思わず力を込め、ジェイクは眉根を寄せてシャーリーの顔を見つめた。どこまでも澄んだ青い目を輝かせながら、じっとこちらを見返してくる。その体は、見たこともないほどセクシーだ。それなのに経験がないなんて、ありえない。ジェイクは首を振り、疑いを頭から締め出した。「実は、ディナーの準備ができたと言いに来たんだよ。でも、ついわれを忘れてしまって」

「それはお互い様よ」シャーリーはジェイクの顎に軽くキスをした。「もう出ましょう。体を乾かして服を着なくちゃね」ジェイクが情熱に翻弄《ほんろう》され、自分を見失ったことを知ってうれしかった。女性としての自信となった。

しかし、十分ほどして裸足《はだし》のまま居室に戻ると、その自信は急速にしぼんだ。ジェイクは白いシャツ、紺色のタックの寄ったズボンをはいて正装していた。今日一日着ていたセーターとスラックスでは、気おくれしてしまう。彼はソファーに腰かけていた。ふたつあるソファーの間には、ディナーののったワゴンが置かれている。ジェイクはまったくシャーリーに関心を示さず、彼女が正面に腰を下ろすと、初めて目を向けた。

「おそらくもう冷めているだろうね」なんだか他人に話しかけているような口調だ。「すぐに帰らなくてもいいのなら、別のものを注文するよ」

帰る？　いや、追い出したいのではない。ジェイクは紳士だからこう言ったのだ。しかし、彼の黒い目には、温かみも優しさも読み取れなかった。先ほどふたりでわかち合った情熱のかけらすらなく、ただ冷たい光が宿っているだけだ。

シャーリーは身震いした。「これで結構よ」ワゴンを手で示しながら、どうして急に寒気がしてきたのだろうと思った。「あまりおなかがすいてないの」

「でも、何か食べたほうがいいね」ジェイクは蓋《ふた》を持ち上げると、蒸し焼きにした肉と野菜を皿に盛ってシャーリーに渡した。口元に笑みを浮かべているが、目は笑っていない。

「どうぞ」

だんだん気分が沈んでいく。シャーリーは皿を受け取り、料理を見下ろした。今食べても、喉につかえてしまうだろう。それでもなんとか気持ちを奮い立たせ、食べることにした。いったい、どうして急に態度が冷たくなったのだろう。愛し合ったあとに、気持ちが落ち着いただけ？　いや、違う。そういえば、ゆうべもディナーを食べながら、暗い目をして急に遠くへ行ってしまったように感じたことが何度かあった。

「ずいぶんと無口なのね」

「食事中だから」そう言ってシャーリーに向けて真っ黒な眉を持ち上げた。

シャーリーは手元の皿に目をやり、食事を口に運んではのみ下した。しかし味など感じず、皿をワゴンに戻した。ジェイクがよそよそしくなったのは、きっとわたしのせいだ。でも、何がいけなかったの？　世慣れた態度をとろうとしたのを見透かされたのかしら。もしくは、愛の交わし方がまずくて失望したのかもしれない。

「年をきいていなかったわね」出し抜けに言ったあと、唇をかんで後悔した。しかし、ジェイクの注意を引いたことだけは確かだ。

「三十八だよ。きみのお父さんといってもいい年だね」その声にはさげすむ調子が込められている。

いきなりすべてがはっきりして、シャーリーの心臓がとどろいた。エネルギッシュで洗練された、いとしいジェイクは、ふたりの年齢差に罪の意識を感じているのだ。込み上げてくる感情に突き動かされて、シャーリーは立ち上がり、ジェイクの隣に座った。彼の腿に手を置き、安心させようとした。「わたしは二十六歳よ。もう子供じゃないわ」

ジェイクは腿の上にのせられた小さな手を見下ろし、それからシャーリーの笑顔に目をやった。「十歳以上も年下の女性を恋人にしてもかまわないというんだね？」いかにも苦々しげな声にシャーリーはショックを受けた。

「ええ。もし男の人が……」その女性を愛していれば、と言おうとしたが、その言葉をのみ込んだ。「男の人がその女性を求め、相手の女性も同じ思いでいるなら、かまわないと思うわ」慎重に言葉を選んだ。ジェイクの愛を勝ちえた自信はないが、年の差は関係がないとわかってほしかった。

「本当にそう思っているんだね」

「ええ、もちろん」シャーリーはきっぱりと言った。

「お父さんが若い恋人を何人も作るのに耐えていたから、そう思うんじゃないのかな？」

「いいえ、まさか。わたし、父の愛人のことで耐え忍んだことなんかないわ。それに今は父ではなく、あなたの話をしているのよ」ジェイクのような男性が、年のことで心を痛めているなんて、とても信じられなかった。ますますいとしくなる。

「そうかな?」ジェイクは冷ややかに応じようとした。だが、サファイアのような目に真剣な表情をたたえるシャーリーを見ると、もうどうでもよくなってしまった。華奢《きゃしゃ》な手が、腿をはい上ってくるところを想像し、下腹部が熱くなる。彼は気持ちを引き締めて先を続けた。「そういうことにしておこう」

彼が何を言いたいのかわからず、シャーリーは戸惑った。「じゃあ、どうして年の差のことを?」

ジェイクは輝くばかりの笑みを向け、シャーリーの肩に手をまわした。「理由なんかないよ、シャーロット。きみの言うとおりだ。友達同士の間で、十二歳の年の差なんか関係ないよね」彼の黒い目を見つめながら、シャーリーの気持ちはいっこうに晴れなかった。今のは本心ではない、なだめようとしているだけだ。ジェイクは指でシャーリーの顎を持ち上げ、軽く唇を合わせてきた。

唇が重ねられるとシャーリーは、安堵《あんど》のため息をもらし、求めるように唇を開いた。ジェイクは誘いに応じた。ジェイクの不可解な態度のことは、きれいさっぱり彼女の頭から消え去った。

「ゆっくりできるのなら、ソファーに座ろう」ジェイクは耳元でささやいた。

5

ジェイクに想像をかき立てられ、シャーリーはとてもセクシーな気持ちになって脈が速くなった。下腹部が熱くなり、無意識のうちに指を曲げ、筋肉で固くなった彼の腿をさする。

黒い目に光が揺れ、ジェイクは大きく息を吸い込むと飛び跳ねるようにして立ち上がり、たくましい顎をぐっと引いた。「送っていくよ」

ジェイクは、後先も考えずにシャワー室で愛を交わしたことで自分をたしなめた。だが、情熱に潤んだ青い目を見ていると、もう一度、彼女を味わいたくなった。抑えろ。また間違いを犯してしまう。

「タクシーを呼ぼう。明日は仕事なんだ」突き放すように言った。

シャーリーはソファーに体を預け、途方に暮れてジェイクを見つめた。目を閉じ、顎を喉元に押しつけているさまが、いかにもかたくなだ。今、なんと言ったのかしら？　仕事？「明日は日曜日よ」考えもなく口にした。

黒い眉がつり上がる。「だから?」

下腹部で熱く燃え上がっていたものが、急に冷たいものに変わった。長くいすぎて迷惑をかけてしまった。彼は丁寧に追い払おうとしているのだ。シャーリーは立ち上がったが、彼のほうは見ないようにした。「すぐに行くわ。ベッドルームから靴とハンドバッグを持ってくる」

ジェイクは脇《わき》をすり抜けようとする彼女の腰に腕をまわし、足を止めさせた。シャーリーの目をのぞき込むと、傷ついていることがはっきりとわかった。心の動きが手に取るように伝わってくる。

憎まなければならないのに、ますますその魅力に引きつけられてしまう。彼女が手を差し伸べているにもかかわらず、それを拒むなど愚の骨頂だ。本能の力に屈し、ジェイクはシャーリーを引き寄せた。「きみにいてほしくないわけじゃない。むしろ、その逆だよ」

「本当に?」シャーリーはためらいながらも尋ねた。真っ白な顔に赤みがさし、ジェイクの力強い抱擁に体が震えた。シャーリーはどうしようもなく混乱した。なぜジェイクの態度がころころと変わるのかわからなかった。理解できない。もうやめて!

ハスキーな声で笑いながら、ジェイクは上からのぞき込んできた。「今までのぼくの態度からでは、信じられないよね」そう言って、驚きに半ば開いたシャーリーの唇にキスをした。「確かにまともじゃない。でも、きみの魅力に血はわき立ち、自分を抑えられないんだ」

彼の言葉に喜んで当然だ。だがジェイクの目の奥に、はっきりとはわからないが憤慨しているような表情が宿っているのを見て、シャーリーの頭のなかで警鐘が鳴った。ジェイクは頼りがいのあるすてきな男性だ。経験豊富で洗練されていて、シャーリーの前途を明るく照らしてくれる。それでもやはり、彼が言ったように、この状況はまともじゃない。考えもせずジェイクに夢中になってしまったけれど、彼のことをどれくらい知っているのだろう。二日前に知り合ったばかりなのにベッドをともにし、軽率だと非難されてもしかたがない。

「もう帰ったほうがよさそうね。遅いから」ぎこちない口調で言う。

きみの魅力の虜《とりこ》になったと告白したのに、シャーリーの態度が百八十度変わり、ジェイクはすっかり落ち着きをなくした。息を吸い込み、シャーリーをつかんでいた手の力をゆるめる。これまで何年も女性を意のままに扱ってきたが、今は逆に彼女から同じ目にあわされている。半ば目を閉じ、一歩下がって腕時計で時間を確かめた。「そうだね。もう一時過ぎだ。タクシーを待っていてもつかまらないよ。送っていこう」

シャーリーは、彼を怒らせてしまったと思った。だから、アパートメントの前に車が停《と》まり、ジェイクがこちらを向いたときはほっとした。

「すてきな一日をありがとう、シャーロット。特に夜は楽しかった。電話番号を教えてくれるかい？　明日、連絡するよ」ジェイクは満面に笑みをたたえた。

シャーリーはハンドバッグから名刺とペンを取り出し、裏にデイブの電話番号を走り書きした。

「自宅と、このアパートメントの番号よ」ジェイクは名刺を受け取ると、車を降り、ボンネットの前をまわって助手席のドアを開けた。

「さあ、どうぞ。シャーロット」そう言って手を差し出した。シャーリーはその手を取り、ロビーへ続く階段を上った。

別れるのがつらかったが、どうしていいのかわからない。ジェイクと出会う前、愛とは命を輝かせてくれる夢だった。今、感じているような不安は、愛とは無縁のはずだ。

シャーリーの気持ちを察したのか、ジェイクは両手で彼女の頬を挟み、軽く唇にキスをした。「おやすみ。電話するからね」そう言って車へ戻った。

彼の笑顔と優しいキスに、シャーリーは祝福されたような気持ちになった。部屋に入るとそのままベッドに倒れ込み、ぐっすりと眠った。

シャーリーはあくびをしながら体を伸ばし、ジェイクの名前をつぶやいた。ゆうべのことがまざまざと脳裏に浮かぶ。体が熱くなり、吐息をついた。

ベッド脇の時計に目をやる。十時！　寝すぎた。すでにジェイクは電話をかけてきたかもしれない。シャーリーはベッドから飛び起き、シャワー室へ駆け込んだ。お気に入りのブルージーンズにあわてて足を通し、白のコットンのシャツを着た。髪はポニーテールに結う。鏡を見ながら、化粧水を顔になじませた。目には光が宿り、高ぶる気持ちに頬骨のあたりも上気していた。決まった男性がいると、こうも違うものなのか。小さなキッチンへ行き、壁にかかっている電話機に目をやると、留守番電話は入っていなかった。とたんに口元の笑みが消えた。

パーコレーターのスイッチを入れ、仕事に行くというジェイクの言葉を思い出して、自らを慰めた。そういえば、ミルクがなかった。ブラック・コーヒーは嫌いだが、我慢して一杯飲み、りんごを食べた。アパートメントにはほかに食べるものはない。留守中にジェイクから電話がかかってくるのではないかと思うと、買い物に出かける気にはなれなかった。

コーヒーカップを洗い、リビングに戻った。十分ほどかけて室内を整理し、階段を上って寝室として使っている部屋へ行き、ベッドを整える。それから二時間、アパートメントのなかをただ歩きまわった。気持ちが大きく揺れる。もうすぐジェイクから電話がかかってくると思って心が華やぎ、次の瞬間には、その可能性は低いと落ち込む。

昼を過ぎるころには、なんだかばからしくなってきた。とにかくミルクが必要だ。シャーリーはバッグと鍵《かぎ》をつかむと階下《した》へ下りた。留守中にジェイクから電話がかかってきても、番号を留守番電話に残しておいてくれるだろう。こちらからかければいい。

コンビニエンス・ストアは遠く、アパートメントに戻ってきたのは、一時間後だった。

「こんにちは《ボンジョルノ》」低く歌うような調子の声が耳に飛び込んできて、シャーリーは顔を上げた。

ジェイクはロビーで待っていた。ゆっくりと歩み寄ると、シャーリーの顔を見下ろした。

ジェイクの整った顔にゆっくりと笑みが広がる。

シャーリーの心臓は肋骨《ろっこつ》に突き当たるほど激しく躍り出した。ゆうべの思い出がまざまざとよみがえり、顔が赤くなる。ジェイクは目の前に立っている。手を伸ばせば触れることもできる距離に。

「持つよ」彼は荷物を取り、シャーリーの顔に浮かんだ表情を見て茶化すように笑った。

シャーリーの頬に軽くキスをする。「昼食を一緒にどうかなと思って」低い声が耳に響き、力強く光る黒い目に見つめられ、シャーリーの心はさらにうずいた。

「来てくれたのね。電話を待っていたのよ」

彼はがっしりした体をまっすぐに伸ばした。目の色がいきなり深くなり、表情が読めなくなった。「迷惑だったかな」

「もちろん、そんなことないわ」彼の言葉にかぶせるように言った。今日のジェイクは、クリーム色のカジュアルなズボンと、やや濃い目の同系色のポロシャツといういでたちだ。開いた胸元から、たくましい胸の筋肉がのぞいている。シャーリーは大きく息を吸い込み、先を続けた。「上へ行きましょう。ミルクを冷蔵庫に入れなくちゃ」

「本当かい？　ほかに誰かいるのなら、そう言ってくれればいいんだよ、シャーロット」

首を振った。「いるわけないでしょう」彼が緊張したのを感じ取り、なぜだろうといぶかった。「どうしてそんなふうに思うの？」

「きみが、ほかの男のアパートメントにいるからさ」

シャーリーはほっとして笑い声をあげた。「あら、デイブは昔からの友達よ」

信じがたいことに、ジェイクは嫉妬《しっと》しているようだ。そんな必要はないのに。シャーリーは、デイブは国際緊急救助隊の上役だと説明しようとしたが、ジェイクの言葉にさえぎられた。

「信用しよう」腕を腰にまわしてくると、エレベーターのほうへ歩きはじめた。「三階でよかったね」

「今日はお仕事じゃなかったの？」

「胸がうずいて、眠れなくなって。それで、ゆうべは眠らずに仕事をしていたんだ」

シャーリーは顔を上げてジェイクにほほえみかけた。腰にまわされた腕に力がこもるのがわかった。「まあ、眠れなかったの？　わたしは、ぐっすり寝たわ」自分がジェイクの胸をうずかせたと思うと、うれしかった。

「きみは魔女だな」ジェイクが笑いながら言うのと同時に、エレベーターは三階に着いた。

「冷蔵庫にしまってくるから、ゆっくりしていてちょうだい」

ジェイクは天井の高いワンルームの部屋を見まわした。こぢんまりとしており、明らかに寝るためだけの部屋だ。

最悪の想像を裏づけている。ここは愛の巣、精いっぱい好意的に見ても、独身男性の部屋であることは確かだ。どうしようもない衝動に駆られて、シャーリーに会いに来た自分が許せなかった。こんな行動に出たことは今までになく、まったくどうかしている。来なければよかった。

窓辺に歩み寄り、外を眺めたが気分は落ち込むだけだ。そのとき、窓枠に銀フレームのフォトスタンドが置かれているのに気づいた。背が高く、たくましい体つきのブロンドの男が写っている。傍らには、すらりとした黒髪の女性が立ち、ふたりの足下には三人の子供たちがひざまずいていた。まさか、シャーロットの恋人は結婚しているのか？

「デイブと家族の写真よ」ジェイクは振り向いた。シャーリーはキッチンの戸口に立って笑みを浮かべている。

ジェイクは窓辺から動かなかった。落ち着かない気持ちになった。半ば閉じた目でシャーリーのほっそりした体と笑顔を眺める。まったく恥じている様子はなく、罪の意識は微《み》塵《じん》もないようだ。しかし、彼女はこの男のアパートメントに寝泊まりしている。妻子のある男のだ。

「すてきな家族だね」窓の脇のテーブルにフォトスタンドを置いた。「でも、このアパートメントは狭いね。家族向きとは思えないんだけれど」

「もちろん、違うわ。ここは彼が仕事でロンドンに来たときに使うだけ」

ジェイクは身をこわばらせた。妻子ある男とつき合っていることを認めたようなものだ。気分が悪くなった。「便利だからね」皮肉たっぷりに言った。

これで彼女とは、本来の関係に向かって進むことになる。復讐《ふくしゅう》という関係に。

シャーリーが歩み寄ってくる。美しい目を見開き、輝くような笑みを浮かべているさまは、誠実そのものだ。「九月には、大学に通うために長男のジョーが引っ越してくるのよ」

「家族ぐるみのつき合いなのかな?」デイブに対する疑いが少し晴れたような気がして尋ねた。

「子供のころからずっと」シャーリーはジェイクの隣に来ると、写真を手に取った。「もう二十年以上も、うちのホテルの常連さんなのよ。この写真はずいぶん前のものね。子供たちがまだ小さいもの。今では、みんなティーンエイジャーよ」ふっくらとしたシャーリーの唇に曖昧《あいまい》な笑みが浮かんだ。「奥さんのリサは母の親友だったの。母の死後、リサとデイブはとてもよくしてくれた。叔父と叔母といったところね。よくお宅にお邪魔したわ」

ジェイクは思わずシャーリーの肩に腕をまわし、フォトスタンドを手に取ってテーブルに置いた。安心したせいで、全身の力が抜けた。こちらを見上げるシャーリーの顔はどこか悲しげだが、無理もない。ジェイクと同じように、肉親がみんな世を去り、独りぼっちなのだ。そう思うといとしさが込み上げた。デイブのことはもはや心配する必要はない。先ほど彼女をひと目見たときに込み上げた欲望に、ジェイクは身を任せた。

シャーリーは彼の目の色が深くなっていくのを眺めていた。その目にいきなりほっとしたような妙な光が宿り、驚いた。と同時に、彼がかがみ込んできて唇が重なった。熱烈なキスだった。五感が研ぎ澄まされ、彼女はたくましい肩に手を伸ばし、もう片方の手を滑らかな黒髪に差し入れた。熱いキスが続く。ジェイクの唇が離れたが、今度は耳の敏感な感覚を刺激され、シャーリーはうめき声をあげた。彼の巧みな指がシャツのボタンを探り当てて外す。大急ぎで服を着たので、ブラジャーは身につけていない。柔らかなコットンの布地が押しやられ、胸のふくらみが手のひらで包み込まれた。それに反応して体がびくんと震え、喜びの声がもれた。

「まだだよ」ジェイクは頭を上げた。シャーリーの紗《しゃ》のかかったような青い目に欲望の炎が揺らめくのを見つめながら、あえてそれを無視した。ブラウスのボタンをかけて、その体をきつく抱き締める。せっかちにことをすませてしまうのは、もったいない。「ここではだめだ。昼食の誘いに来たんだからね」

「おなかはすいてないわ」

「ぼくはぺこぺこさ。ホテルのレストランは、とてもおいしいんだ」体を離し、シャーリーの愛らしい顔をじっと見つめる。唇のあたりに目をさまよわせていると、復讐という二文字は完全に消え去った。「それにルームサービスも最高だからね」

「急におなかがすいてきちゃった。喜んでおともするわ」シャーリーは笑顔を返した。

あけすけな笑みと、輝く瞳に浮かぶ健康的な色気に、ジェイクの期待は高まる一方だった。喜びが全身を貫く。ふとある考えが浮かんだ。「うれしいね。勢いついでに言うと、同じ休暇を楽しむのなら、この小さなアパートメントにいるよりも、二週間、豪華ホテルのスイートルームで満喫したほうが楽しいと思うんだけど。荷物をまとめたらどうかな？」

「あなたのところへ移るってこと？」彼に触れられてふらふらしている体に、追い打ちをかけるようなショックが走った。喜んでそうしたかったが、思いとどまった。「でも、まだ知り合って二日よ。お互いのことはほとんど知らないわ」

「なるほど。でもホテルに来れば、ぼくのことをもっと知ってもらえると思うんだ。心配するといけないからはっきり言っておくけど、経済的には将来は明るいし、人に後ろ指をさされるような生活は送っていないよ。つき合っている女性もいない。スイートルームには寝室がふたつあるから、そのひとつを使ってもいい」

「どうしましょう」シャーリーはつぶやくように言った。頭のなかで警鐘が鳴り響く。一生ジェイクと幸せをわかち合うことはできない。彼は、結婚するつもりはないと言っていた。しかし、こうした理性の声も、彼を思う気持ちにかき消されそうだ。

「首を縦に振ればいいんだよ。ぼくたちは同じものを求めているんだから」ジェイクは手を伸ばし、シャーリーの顎の線を指でなぞった。シャーリーは無意識のうちに頭を押しつけた。「そうだよね？」

シャーリーは彼の顔を見上げ、口元に笑みを浮かべながら小声で言った。「ええ……荷物をまとめてくるわ」

シャーリーが腰を左右に揺らしながら階段を上っていくのをジェイクは眺めていた。あとについていきたい衝動に駆られたが、その気持ちを抑えてソファーに腰を下ろした。妙だ。週末、女性と楽しむことはよくあったものの、二週間も一緒に過ごそうという気持ちになったのは初めてだ。ジェイクは頭を振った。一日に二度も衝動的な行動をとってしまった。まったく自分らしくない。

十分後、シャーリーは荷物を持って下りてきた。ジェイクはバッグを受け取り、もう一方の手でシャーリーの背中を押してアパートメントを出た。

ジェイクについてホテルへ入ったとたん、一瞬、シャーリーは目眩《めまい》のような感覚を覚えた。うっとりしたままここまでついてきたが、正しい選択だったろうか。

ロビーは広々としていた。客は趣味よく着飾り、シャーリーは自分の質素な服装を強く意識した。どうして着替えてこなかったのだろう。子供じみたポニーテールだけでも、なんとかしてくれればよかった。一方のジェイクは完璧《かんぺき》だ。スタイルは抜群で、セクシーさを漂わせ、カジュアルな服装でありながら品位を保っている。

シャーリーの不安を感じ取ったのか、ジェイクは励ますように言った。「だいじょうぶだよ」

「ええ。でも、なんだか自分がみすぼらしくって。場違いな気がするわ」

ジェイクはほほえんだ。「きみはひときわ輝いているよ。このなかでいちばん美しい。それでも気おくれがするのなら、こっちへおいで」

シャーリーはわけがわからないまま、ロビーの向こう側にあるデザイナーズ・ブティックへ連れていかれた。

「服を見立ててほしい」彼は店員にそう言ってポケットからクレジットカードを出すと、カウンターに置いた。「これで問題解決だ。好きなものをどうぞ。でも、急いでくれ。おなかがすいてるんだ」

怒りが込み上げ、シャーリーは歯を食いしばりながら答えた。「いいえ、結構よ」ふたりだけなら、平手打ちを食らわせるところだ。金を与えて女友達を着飾らせ、得意になっているのだろうが、シャーリーはこれほどの屈辱を味わったことがなかった。顔を真っ赤にしながら店を出た。

うに言った。

「ぼくを置いていくほど急いでくれたのはありがたいけど、お店のチャーミングな女性に対して、ちょっと失礼じゃないかな」ジェイクはエレベーターへ向かいながら、茶化すように言った。

ドアが閉まると、彼の手を振り払った。「冗談じゃないわ！　頭がおかしいんじゃないの？　あれほど辱められたのは初めてよ。だから出ていったんじゃないの。自分の服くらい自分のお金で買えるわ」

驚きにジェイクの片方の眉がつり上がった。「金を払う？　それはないよ。きみはぼくのお客さんだ。辱めたというけれど、どうして？　女性というのは、ベッドをともにした男性から贈り物をもらい、おごってもらうのを楽しみにしているんじゃないのかい？　辱めるなんて、とんでもない。そのつもりはまったくないよ」広い肩をすくめる。

シャーリーは信じられない思いでジェイクを見つめた。「本当にそんなふうに思っているのなら、あなたが今までベッドをともにした女性は、とんでもない人たちばかりね」ハンサムな彼の顔がゆがむのを見て、シャーリーは笑い出しそうになった。

「きみのようにずけずけとものを言う女性はいなかったよ。今度は、男性と暮らしたことも、おごってもらったこともないと言い出すんだろう」

シャーリーは大声を出そうと口を開けたが、こらえた。ジェイクにそのように思われているのは、確かに自分の落ち度でもある。背伸びして、洗練された女性だと思わせようとしたのだから。彼女はジェイクの顔を盗み見た。表面上は落ち着き、気持ちも静まっているように見えるが、荒々しい感情を抑えつけているのがわかる。ふたりの関係を二週間で終わらせないためには、隠しごとをせずに信頼を築くしかない。ジェイクは信じてくれないだろうが。

「ええ、実はまったく経験がないわ」落ち着いた声で言い、ジェイクの目を見上げながら先を続けた。「何もかも初めて」

目の表情に真実を読み取ったのだろうか、ジェイクはイタリア語で何かつぶやいて体を寄せた。そのとき、エレベーターのドアが開いた。ジェイクはいまいましげに廊下を大股で進み、スイートルームのなかへ導いた。

「きみはなんて女性なんだ。ぼくは驚かされてばかりいるよ」そう言うと情熱的なキスをした。

きつく抱き締められ、激しく脈打つ彼の心臓の鼓動を感じた。一瞬、唇が離れたかと思うとこめかみに押しつけられ、そこから下って敏感な首の曲線をなぞる。シャーリーの全身に震えが走った。

「きみが欲しい」ジェイクは耳元でささやき、シャーリーを抱きかかえ、寝室へ運んだ。

ふたりは日曜の大半をベッドのなかで過ごし、それはひと晩じゅう続いた。月曜の朝、目が覚めると、シャーリーは別人になっていた。これほど熱烈な愛を捧《ささ》げてくれる男性を恋人に持つなんて、世界一の幸せ者だ。ジェイクの固い筋肉質の体にうっとりしながら、何度もその気持ちを伝えた。

シャーリーはベッドのなかで伸びをして、ジェイクを見つめた。彼は十分ほど前にシャワーを浴びに行き、腰にタオルを巻いたままベッドルームに戻ってきたところだ。すばらしい体の持ち主だとあらためて思う。全身の肌は黄金色に輝き、筋肉が盛り上がって引き締まっている。ひと晩一緒に過ごしてから、羞恥心《しゅうち》もなく見つめることができるようになった。

部屋を歩きまわる彼の姿を目で追う。彼はワードローブから、白いシャツと洗練されたデザインのグレーのスーツを取り出した。服を着るところを眺めるほど親密な関係になったことに思わず笑みがもれる。ボクサー・ショーツ、それから白いシャツを着て、上品な仕立てのズボンをはく。「お出かけ?」肘をついて起き上がりながら尋ねた。

ジェイクが振り向いた。手に黒い靴下を持ち、整った顔に悲しそうな笑みを浮かべている。ベッドまで歩いてくるとシャーリーの傍らに腰を下ろした。「今朝は会議があるんだ。仕事で来ているからね」シャーリーのぷっくりした唇が愛らしく突き出されるのを見ながら苦笑した。手を伸ばし、シャーリーのブロンドに指をはわせる。「だめだよ。キスはできない。そんなことをしたら、会議どころじゃなくなるよ」深みのある黒い目が、シャーリーの目をのぞき込む。ジェイクは静かな声で続けた。「ゆっくりして、市内観光でもするといいよ。でも、六時には戻ってきてくれ。待っているよ」シャーリーの鼻のてっぺんに軽くキスをすると、かがんで靴下をはき、靴、上着、ネクタイと身につけていく。

「もうひとつの寝室で寝ようかしら」シャーリーはからかった。

「ああ、実はそのことでは嘘《うそ》をついたんだ。あそこは、仕事場にしてしまっている。デスクで眠りたくないのなら……いや、デスクも悪くないな」目がいたずらっぽく光った。

シャーリーは枕《まくら》をつかんで投げた。「いやらしい」彼の困ったような顔を見て、思わず吹き出した。

「よし、あとでたっぷりこのお返しをしてあげよう。嘘じゃないよ。覚悟して待っておいで」輝くばかりの笑顔にシャーリーは息をのんだ。「じゃあ《チャオ》」ジェイクは手を振りながら部屋を出ていった。

シャーリーは市内見物はやめて店をまわり、来年ぶんの被服費まで注《つ》ぎ込んで服を買った。ジェイクのためにきちんとした身なりをしたかった。六時少し過ぎに部屋に戻ると、ジェイクが待っていた。

「女性の典型だね。遅刻、ショッピングに目がない」両手いっぱいに荷物を持って部屋に入っていくと、ジェイクはからかった。力強い手が伸びてきて、脇の下に差し入れられ、引き締まった体に抱き寄せられた。唇を吸われると、シャーリーの意識は飛んだ。ふと気づくと荷物は床に落ち、両腕を彼の首に巻きつけていた。

そんな生活が数日間続いた。ジェイクは仕事があるので、昼間は一緒に過ごすことができない。シャーリーはロンドン見物に出かけ、おもしろそうな場所を見てまわった。夕方には会えるのだから、ひとりでもかまわなかった。しかし、やはり、部屋でふたりきりになる夜が最高だった。ジェイクに見つめられただけで、すぐに全身が燃え上がるのだった。

6

金曜日は、春を絵に描《か》いたような気持ちのいい日だった。バスローブ一枚はおったシャーリーの向こうに、ジェイクが座っている。がっしりとした肩を包む仕立てのよい黒い上着。白いシャツは魅力的な小麦色の顔を引き立てる。永遠にでも眺めていられそうだ。ジェイクは朝食を終え、三杯目のコーヒーを注《つ》いでいる。これもひとつの発見だった。ジェイクは必ずコーヒーを三杯飲む。

「飲みすぎよ、ジェイク。それに、働きすぎ。会議がないときも、電話をしているか、パソコンに向かっているかでしょう。もう少しゆっくりしたほうがいいわ。一日わたしと過ごさない？」

「これ以上、きみと一緒にいたら、心臓麻痺《まひ》でも起こしかねないよ」ジェイクは冗談で軽く応じると、ローブの合わせめからのぞく胸のふくらみへ目を向け、それからシャーリーの顔に視線を戻した。

「そういう意味じゃなくて」シャーリーが顔を赤くするとジェイクは笑った。「あなたが教えてくれたキュー王立植物園へ行ってくるわ。熱帯の植物の間を歩きまわって、南国ムードに浸るの」

「目に浮かんでくるね。南の楽園で、きみは腰蓑《みの》一枚の姿でいる。時間ができたら、ぜひ実現させよう。でも残念ながら、今日は忙しいんだ。何千人もの従業員の生活がかかっているんだよ」

何気なく口にされた将来の計画にシャーリーの胸が躍った。「それはそうだけど、昔のことわざにもあるでしょう。〝よく学びよく遊べ〟って」笑みを浮かべながら、からかった。だがジェイクが眉をひそめたのを見て、笑みは消えた。「冗談よ」

ジェイクは笑えなかった。シャーリーの言葉には、核心を突くものがあったからだ。彼女の目に不安を読み取り、ジェイクはあわてて言った。「わかっているよ、かわいい人《カーラ》」

シャーリーはこれまでつき合った女性とはまったく違う。おそらく、ほとんど何も要求しないからだろう。自分勝手で、欲の深い女性ではなかった。これまで一ペニーも彼女のために使っていない。この一週間、どこにも連れていくことができず、ジェイクは罪の意識を感じていた。

ジェイクは仕事のことを話す男性ではなかったが、シャーリーには説明してやらなければならないと思った。「きみに会う前は、三カ月イタリアの家にこもっていた。両親の健康が優れなくて、目が離せなかったんだよ。出張をいくつも先延ばしにしてしまった。今回のロンドンを皮切りに、これから何カ月かはアメリカや太平洋周辺諸国へ行くことになる。仕事しか眼中にないと思われてもしかたないね。でも、もう少しの辛抱だよ。ジャングルの冒険からはなるべく早く帰ってきてくれ。お芝居のチケットがあるんだ。七時半に始まる」嘘《うそ》だった。チケットは持っていない。これから手配するつもりだ。「明日は、すべてきみの望みどおりにするよ。どこへでも好きなところへ連れていこう。ただし、午前中に不動産を見に行かなければならないんだ。デートコースに組み入れてもいいよね」

シャーリーはうれしかった。両親や仕事の話を聞いたのは初めてだ。ようやくジェイクは、自分のことを打ち明けてくれた。彼の腰に腕をまわして抱きつき、顔を上げ、目を輝かせた。「注意して。甘やかすと増長するわよ」

ジェイクは笑い声をあげた。「きみも、挨拶《あいさつ》で男を抱擁するときは、注意するんだよ」腰にまわした腕を取って、シャーリーにいたずらっぽい目を向けた。「妙な気を起こさせてしまうからね」

シャーリーは遅れた。お芝居を楽しみにしていたのに、時刻はもう七時になろうとしている。エレベーターから走り出るとスイートのドアを開けた。

「いったいどこに行っていたんだ？　あと三十分で始まってしまうよ」ジェイクは夜会用の黒いスーツを着て、部屋の真ん中に立っていた。怒った顔をしている。

「もちろんわかっているわ」泣き声で応じた。「でも、地下鉄が遅れちゃったのよ。ラッシュアワーで動きが取れなくって」

「地下鉄だって？　きみは地下鉄に乗ったのか？　気は確かかい？」

「だといいけど」言いながらスーツケースを開ける。「だいじょうぶ。十五分で支度するから」

「だいじょうぶじゃないよ」腕をつかまれた。彼の大きな体が緊張しているのがわかった。

「女性がひとりで地下鉄に乗るなんて危険だ。きみには分別ってものがないのか？」ジェイクは怖い顔をしてシャーリーを見た。

「ねえ、ジェイク、まったく危険はないのよ。現に、毎日利用しているけれど、一度も襲われてないわ」

「なんだって？　毎日……乗った？」異様に光った目とシャーリーの青い瞳がぶつかった。

「地下鉄はだめだ、シャーロット。今後は、運転手つきの車にするんだ。そのほうが便利だよ。きみがなんと言おうが、危険にさらすわけにはいかない。可能性が低くてもだ」

「まあ、そんなに心配してくれているなんて」笑みを浮かべながら言った。ジェイクは目をつぶり、シャーリーの腕をつかんでいた手を放した。

「ぼくはいつも心配しているんだよ。さあ、急いで着替えて。遅れてしまうよ」

シャーリーはショルダーバッグのなかから箱を取り出した。「はい、これ。植物園のお土産物屋さんで買ったのよ。あなたにぴったりだと思って」箱を渡し、びっくりしているジェイクを残して寝室へ入っていった。

ジェイクはあっけにとられて、手のひらにのった贈り物を見つめた。ゆっくりと箱を開け、ガラス玉をつまみ上げる。なかにはエキゾチックな南国の花が入っていた。その繊細な美しさに思わず目をしばたたかせた。最後に特に理由もなくプレゼントをもらったのがいつだったか、覚えていない。しかも、これほどまでに素朴な贈り物だ。ジェイクはとても謙虚な気持ちになった。

シャーリーは急いでシャワーを浴びて寝室へ戻った。ワードローブから白いレースの下着を出して身につけ、月曜日に買った淡いピンク色のドレスを手に取った。店で試着したときは、とても魅力的に見えた。ビュスティエの胴着《ボディス》、スカートは短くタイトだ。ところが今見ると、少し大胆すぎるように思う。ジェイクは気に入ってくれるだろうか。とにかく、着てみることにした。シャーリーはいつもジェイクのことを考えるようになった。今も鏡台に向かって化粧水を肌になじませながら、ジェイクはプレゼントを気に入ってくれただろうかと思っている。

シャーリーが買ったのは、ガラス玉のなかに黒の蘭《らん》が入ったペーパーウエイトだ。なぜそれを買おうと思ったのか、自分でもわかっていた。ジェイクは黒のイメージだし、蘭のように華麗だ。ガラス玉は、彼が本当の気持ちを心に深く秘めている点を思わせる。しかしジェイクの場合、心を覆っているのはガラスではなく防壁だ。子供のころのことを考えれば、驚くことではないのだろう。早くに母親を亡くし、二年間、ひとりで生き抜いた。そのときの経験が尾を引いているに違いない。大人になってからも、愛をつかんだと思った矢先に、フィアンセに去られた。巨大な企業を築くのに腐心し、感情を心の奥底に封じ込めてしまうのも無理はない。

でも、彼の心が冷えきっているわけではないわ。そう思うと、口元に官能的な笑みが広がった。シャーリーは心を決めた。ジェイクを愛している。彼の心のまわりに張り巡らされたガラスを砕き、親切で愛情豊かな一面を引っ張り出そう。ジェイクが自由になれるかどうかは、わたしの手にかかっている。

立ち上がり、ブラシで髪をとく。今はとにかく時間がない。スカートの皺《しわ》を伸ばし、ショールとハンドバッグを手に取るとドアへ向かった。

ジェイクは依然として部屋の中央に立ったまま、ガラス玉を何度もひっくり返していた。こちらを振り返ったとき、輝きをたたえた黒い目は、ほとんど涙で潤んでいるように見えた。

「気に入ってくれたのね」そう言ってほほえむ。

ジェイクはテーブルにガラス玉を置くと、ゆっくりと歩み寄ってきた。両手を肩にのせ、感情のこもった低いかすれ声で言った。「ありがとう、シャーロット。宝物としてずっと大事にするよ」彼はシャーリーをそっと引き寄せ、唇を重ねた。

これまでのキスとはまったく違う。限りない優しさにあふれ、いつまでも続いた。やがて、彼は小さなため息とともに体を離した。

「遅れそうだね」シャーリーの手からショールを取ると、肩にかけてくれた。「きれいだ。目をみはるほどだよ」黒い目には、喜びと肉感的な輝きが宿っていた。「それにしても、そのドレスは刺激的だね。もう目が釘《くぎ》づけだよ」


翌日、シャーリーはジェイクよりも早く起きた。シャワーを浴び、新しい服が増えたワードローブから慎重に一着選ぶ。自然なラインが出るパンツをはき、革のベルトを低く腰に巻く。体にぴったりとフィットしたキャミソールは、かろうじてパンツに届く程度だ。それからルームサービスを頼んだ。ウエイターが朝食を運んでくると、シャーリーはワゴンを押して寝室へ戻った。

ジェイクは仰向けに寝ている。裸の体を覆うのは、腰にかけられたシーツだけだ。うっとりするような眺めだ。シャーリーはその姿にじっと見入った。黒髪は乱れ、顎に朝日が作る陰影が浮かび、まるで海賊みたいだ。金のイヤリングをつければ完璧《かんぺき》だと、夢心地に思った。

「そのコーヒーは今日じゅうに飲めるのかな?」片目が開き、シャーリーは飛び上がるほど驚いた。

「起きていたのね」ワゴンをベッドに近づけた。「ベッドのなかで朝食をとるのもいいかと思って」

ジェイクは、肘をついて半身を起こし、官能的な瞳をシャーリーの顔にすえた。「きみも一緒ならね」

「だめ。あなたのことは愛しているけれど、一日出かける約束だったわよね。今日はあなたの手綱をしっかり握ることにしたの」

黒い目が陰ったのを見て、シャーリーは自分が何を口にしたのか気づいた。だが、困惑する気はなかった。本当の気持ちをこれ以上隠すつもりはない。

「じゃあ、まずはコーヒーを一杯。今からきみにすべてをゆだねるよ」彼が〝愛している〟という言葉を無視しようとしているのは明らかだ。でも、少なくとも拒絶はされなかった。今はそれで充分だ。シャーリーは彼にコーヒーを渡し、部屋を出た。

二時間後、テムズ川のほとりに立つアパートメントの最上階《ペントハウス》のバルコニーにシャーリーはいた。目の前に開けたロンドンの街並みを眺める。田舎育ちのわたしでも、この部屋ならなじめるだろう。苦笑して部屋のなかへ戻った。その機会があればの話だ。

テーブルの上に広げた青写真を検討しているジェイクに歩み寄る。「本当にここを買うつもり？」

「実はこの建物自体を買い取ろうと思っているんだ。なかなかの投資だと思う。ロンドンに来たときの住まいにするのもいいし。どう思う?」

「すてきなところね」意見を求められたのがうれしかった。「でも、わたしはあなたの会社の人間じゃないから、お仕事の話に口を挟めないわ」

「いや、ビジネスじゃないんだ」腕が腰にまわされ、引き寄せられた。「とにかく、女性の目から見て、ここで男性と過ごしたいという気になるかな?」シャーリーは顔が赤くなるのを感じ、それを見たジェイクの目が光った。「ホテルのほうがいい?」

「愛している男性となら、場所なんか問題じゃないと思うわ」正直に答えた。

ふたりはしばらく、無言のまま見つめ合った。目をそらしたのはジェイクだった。腰にまわしていた腕をほどくと、後ろへ下がり、テーブルに寄りかかった。「ロマンチックな答えだけど、ありふれているよ。本当にそう思っているのなら、きみは女性のことがまるでわかっていないね」黒い目にいきなり冷たい光が宿るのを見てシャーリーは驚いた。

「ぼくの考えでは、援助が得られないとわかると、たいていの女性は逃げていく」

「ずいぶん乱暴な言い方ね。それは違うわ」

「たとえば、婚約を破棄したフィアンセだな。思っているほどぼくが裕福でないと知ると、あっという間に離れていったよ」

「つらかったでしょうね」

「いいや」ジェイクは落ち着き払った声で応じる。「彼女に去られても傷つかなかった。どうしてこんな話になったんだ？」ジェイクは頭を振り、たくましい腕を伸ばしてシャーリーの手首をつかみ、背中へまわした。体を引き寄せると、もう片方の手で優しく頬をなでた。「きみといると、話すつもりのないことを口にしてしまう。どうしてかな？」

「危ない魅力のせいよ」

「そうかもしれない」かすれた声で言うと顔を近づけ、耳元でささやいた。「あとで証明してもらうよ」頬に触れていた指が唇の上に置かれた。黒い目に微笑を含ませてシャーリーを見つめる。「実は、この部屋は昨日すでに買ったんだ。さあ、あとの時間はすべてきみのものだよ」

それからふたりはロンドン動物園へ行った。腕を組んで歩きながら、恋人同士という実感を初めて持った。猿の檻（おり）の前で笑い、蛇を見て体を震わせるとジェイクが抱き寄せてくれた。園内の屋外カフェでサンドイッチを食べ、ギフトショップでは、かわいいパンダのぬいぐるみから目が離せなくなり、ジェイクはそれをプレゼントしてくれた。夕食は川岸にあるパブの外の席に座り、えびとフライドポテトですませた。イギリス人がいくら好きだとはいえ、魚介類の料理はいただけないとジェイクは言い張った。イタリア料理とイギリス料理の話題でのんきに意見を闘わせながら、ホテルへ戻った。ついにシャーリーは両手を上げ、イタリア料理の勝ちを認めた。ジェイクはその手をつかむと……。

シャーリーは自分をつねって、ジェイクが消えてしまわないか確かめることがあった。二週間目の金曜日にそのことを話すと、彼は笑い、触って確かめてごらんと言った。シャーリーは全身に手をはわせ、ジェイクも情熱的にそれに応《こた》えた。力強い体の動きにシャーリーの気持ちは高まり、頭のなかが真っ白になって、すべてを超越した世界へ入っていった。

快い疲労に包まれて、ふたりがベッドに横たわっていると、ベッド脇《わき》の電話が鳴り出した。ジェイクは受話器を取り、イタリア語で話しはじめた。太く低い声になり、たくましい体がこわばった。何をしゃべっているのか理解できない。

ジェイクは受話器を戻すとベッドから跳ね起き、シャーリーを見下ろした。「イタリアのオフィスからでね。すぐに戻らなければ」そのままバスルームへ行ってしまった。がっしりとした後ろ姿を見つめながらシャーリーは茫然《ぼうぜん》となった。ジェイクを愛している。その彼が行ってしまうのだ。別れのときがくるのはわかっていたが、心の奥にしまい込んで考えないようにしていた。ところが、いきなり現実を突きつけられた。

いったい何を期待していたの？　ジェイクは巨大企業を率いているし、わたしも日曜日には戻らなければならない。予定よりも早くイタリアへ帰らなくてはいけなくなっただけ、大騒ぎすることではないわ。また会えばいい。

ジェイクは部屋に戻ってきた。シャーリーの姿を一瞥《いちべつ》すると、いつものきびきびした動作で服を着はじめた。

どうしたことか今朝は、彼の姿を見ることができない。急にいなくなってしまうのは、とても悲しいが、それを悟られたくなかった。シャーリーはベッドから跳ね起き、クロゼットへ歩いていくと、濃紺のパンツ、青いセーター、下着類を手にしてバスルームへ向かった。

シャワーを浴びながら、過剰に反応してはならないと自分に言い聞かせる。この二週間でわかったのは、ふたりでいる時間がとても充実していることだ。彼を愛しているし、ジェイクがわたしを気にかけてくれているのも充分に感じている。ふたりとも、忙しい仕事を持った大人だもの。一緒にいられないときがあって、当たり前だ。

十分後に居間に入っていったときも、思い悩むことは何もないと胸のなかで繰り返していた。

ジェイクはテーブルの脇に立ち、真剣な面持ちでブリーフケースから出した書類に目を通している。足下にスーツケースが置かれ、すでに荷造りを終えていることがわかった。ピンストライプの黒いビジネススーツには、白いシャツとグレーのシルクのネクタイを合わせていた。どこから見ても、抜け目のない実業家だ。しかし、情熱的で優しいという別の面もシャーリーは知っている。その彼が行ってしまう。喉元に熱いものが込み上げた。

声を出してしまったに違いない。ジェイクは顔を上げ、歩み寄ってきた。

「もう荷造りは終わったのね」

「ああ」軽く、どこかおざなりなキスをシャーリーの頬にした。「すまない。こんなにあわただしくって。でも、ぼくが行かないとだめなんだ」

「わかっているわ。最後の日を一緒に過ごせないのは残念だけど」唇がかすかに震えるのは、どうしようもなかった。

ジェイクはシャーリーの唇に指を触れた。「これからも機会はあるよ、シャーロット。今夜、電話する。もう一泊して、最後の休日を楽しんで」

電話をくれると言ってくれたのはとてもうれしい。しかし、ここにひとりで泊まっても寂しくなるだけだ。「あなたが行くのなら、わたしも帰るわ」

ジェイクはこのまま別れる気にはなれず、名刺の裏に電話番号を書いた。こんなことをしたのは初めてだ。「ジェノバの自宅の番号だよ。よかったら、電話して。さて、もう行かなければ。飛行機が待っている」

シャーリーはまばたきをして込み上げる涙を押し戻した。ジェイクがブリーフケースを閉める。

「もう行くの？」声が震えた。

「残念だけど」ベルボーイが来てスーツケースを運んでいく。シャーリーの震える唇に軽くキスをすると、ジェイクは部屋を出ていった。

ドクター・ジョーンズは幼いころからのかかりつけの医者だ。いや、医者というよりも友達に近い関係だ。ドクター・ジョーンズの診察を受けたシャーリーは、死ぬほど驚いた。

「間違いないの?」確認するのは、これで三度目だ。

「確かだよ、シャーリー。すでに妊娠七週目に入っている」

「でも、ちゃんと対策をしたはずなんだけれど」信じられない思いに頭を左右に振った。

「充分ではなかったのだろうね。だからといって、この世の終わりではないよ。病気ではなく、妊娠だ。きみは健康な若い女性だよ、シャーリー。玉のような赤ちゃんが生まれるだろう。心配することは何もない。帰ってその幸運な男性に電話をすることだ」

口で言うほど簡単ではない。三日後、目の前のデスクに置かれた仕入れ書の束を見つめながら、シャーリーはそう思っていた。

「考えてばかりいると体に毒だよ、シャーリー」

支配人のジェフの声に頭を上げた。「違うわ。仕事をしようとしていたところ」

「ならいいけど」ジェフはデスク脇まで来ると、シャーリーを見下ろした。灰色の目に思いやりをにじませる。「その子の父親に報告することだよ。彼には知る権利があるからね」

ジェフは十二歳のときからシャーリーを知っている。賢く、活発な女の子で、誰に対しても明るく接した。そんなシャーリーが落ち込んでいるのを見るのは、つらかった。

「子供ができてしまったのは、わたしの責任なの。それにしても、妊娠がわかったその日のうちに、ホテルの従業員に知れ渡ったのはどうしてかしら?」気もそぞろにブロンドの髪に指をはわせた。

「休暇から戻ってきたとき、なんだか輝いていて、まさに恋する女性って感じだったからね。ジェイク・ダマートの名前も口にしたし、『イタリア語入門』という本も買ってきた。それに毎日、吐き気を催すようになっただろう。誰の目にも明らかだよ。おまけに、きみは医者に予約を入れた。みんな心配なのさ」ジェフは笑いながら言った。

「それはどうもありがとう」うめくように言う。「わたし、いったいどうしたらいいのかしら」

「言っただろう。相手の男性に電話するんだ。今すぐにね。さてと、フロントに戻らなくちゃ。じゃあ、あとでまた。電話をするんだよ」ジェフは念を押すと部屋を出ていった。

やりきれないのは、妊娠を告げられてから、もうすでに三回、ジェノバのジェイクの自宅に電話をしていることだ。そのたびにマルタという女性が電話口に出て、虚《むな》しいやりとりで終わってしまう。彼女の英語は、シャーリーのイタリア語並みにひどい。

ジェイクもわたしを愛してくれているのではと、わけもなく信じていたが、別れて五週間たつと、自信が大きく揺らいだ。無事に帰り着いたか電話がかかってきたが、その後一週間は、なしのつぶてだった。それから、アメリカへ行くと電話が入り、戻ったら連絡すると言ってきた。以来、電話はない。それでもシャーリーは希望を捨てず、アメリカにいるのだからしかたがないと言い聞かせていた。

ところが、昨日のことだ。宿泊客が置いていった雑誌をぱらぱらめくり、ニューヨークで開かれた名士によるチャリティー・ディナーの記事を眺めていると、写真の一枚にジェイク・ダマートが写っていた。隣には驚くほど美しい黒髪の女性が座っている。記事によると、メリッサという名前のモデルで、ジェイクの長年の〝友人〟ということだった。モデルとしてよりも、裕福な男性との恋愛でよく知られているらしい。

シャーリーは、もうジェイクに電話をするのはやめようと思った。現実を直視しなければ。ジェイクを愛していたが、彼にとっては一時の遊びにすぎなかったのだ。込み上げてくる涙をまばたきして抑えた。もう泣いてはいけない。この数週間、悲しみにくれた。これ以上引きずるべきではない。

ジェイク・ダマートのような世慣れた男性が、経験のない未熟なわたしに魅力を感じるわけがない。もっと早く気づいて当然だった。あの日別れるとき、ジェイクが遠い世界へ行ってしまうような気がした。態度がよそよそしくなり、別れのキスも義理でしているような感じだった。今思えば、わざわざ電話をかけてきたのは驚きだ。

怒りに駆られると同時に心が痛んだ。恋に落ちるのは、天国と地獄を経験するようなものだ。胸が高鳴り、餓《かつ》えたようにひとりの男性を求める。それでいて、相手も自分と同じ気持ちでいるか、常に不安にさいなまれる。こんなことは終わらせなければ。恋煩いをしておろおろするのはもう充分だ。

手で目をぬぐい、椅子を乱暴に押しやって立ち上がった。ほっそりとした肩を怒らせる。どんな男であろうと人をもてあそんでおいて、ただですますわけにはいかないわ。シャーリーは心にきっぱりとそう誓い、衝動的に受話器をつかむと、すでに覚えてしまった番号を押した。

「もしもし《プロント》」マルタの声が聞こえたとたん、シャーリーはまくし立てた。マルタが理解できなくてもかまわない。言いたいことは言おう。

「あなたのろくでなしのボスに、妊娠したと伝えてちょうだい。父親になるんだとね。シャーロット、妊娠《インチンテ》、ジェイク、パパ、わかった?《カピシ》」わずかに覚えたイタリア語の単語を羅列し、受話器をたたきつけるように戻した。

マルタに言いたいことが伝わったかどうかなど、どうでもよかった。感情を爆発させたことで、だいぶ気分が楽になった。

「ジェフ、代わるわ」シャーリーはフロントで立ち止まって声をかけた。夏の間は、ホテルは予約客でいっぱいだ。スタッフは大忙しで、必要なときにはシャーリーも現場で働いた。

「いや、だいじょうぶだよ。一日、休んだらどうかな? この何週間か、いつものきみらしくなかっただろう。今日は気持ちのいい天気だ。デイブとお子さんたちは、船を出すと言っていたよ。一緒に船遊びしたら？　体にもいいしね」

ジェフの言うとおりだ。ジェイクから電話がかかってくるかもしれないと、ばかみたいに昼も夜もホテルのなかに閉じこもっていた。もう、たくさん。今はジェイクよりも、おなかに宿った命を心配しなければならない。

「そうね、ジェフ。あなたの言うことはいつも正しいもの」苦笑を浮かべながら言った。

背後から笑い声が聞こえた。振り向くと、白髪まじりの髪をした大柄でたくましい男性がほほえみかけていた。デイブは子供たちと一緒に食堂から出てきたところだ。ジョーは十八歳、ジェイムズは十六、メアリーはそれよりも二歳下だ。「シャーリー、この三人組を監視する手伝いをしてくれると、うれしいんだけどね」からかうようにデイブは言った。

ホテルでくすぶっているよりも、一日、湖に出ていたほうがずっと気持ちがいい。「いいわ、デイブ」落ち込んでいた気持ちを払拭《ふっしょく》するには、新鮮な空気を吸い、友人と過ごすのがいちばんだ。「着替えてくるわ。二十分後に桟橋で会いましょう」

「シャーリー、早くおいでよ」ジョーとジェイムズが叫んだ。「冷たくて気持ちいいよ」

シャーリーは船の前甲板にタオルを敷き、黒いビキニ姿で横たわっていた。驚くほど充実した気持ちだ。笑みを浮かべて、泳いでいる若者に手を振った。「食べすぎたから、あとでね」

ここは湖の南端だ。先ほど、お気に入りのこぢんまりした入り江に投錨《とうびょう》して、昼食を食べた。三人のティーンエイジャーは、健康な食欲を発揮し、シャーリーも調子を合わせるようにして食べた。

「その調子」デイブは隣に腰を下ろしながら言った。「体には気をつけなければね」

「まあ！　あなたも知っているの。昨日着いたばかりでしょう。噂《うわさ》って、恐ろしいわ」

「ゆうべ、ジェフから聞いたよ。チームのリーダーとして、いや、それよりも、友人として知っておいたほうがいいからってね。もちろん、国際緊急救助隊の仕事はお休みだ。仕事のことは忘れて、体に気をつけるんだ。きみは家族の一員だからね。リサも生きていたら、同じことを言うだろう」

デイブの言葉が胸にこたえ、思わず目頭が熱くなった。リサの死にデイブがどれほど打撃を受けたか、よくわかっていた。「ありがとう」小声で答えた。

午後も遅く、六時近くになってようやく、桟橋の定位置に船を舫《もや》った。「ホテルまで競争だ」三人の子供たちはそう叫ぶと駆け出した。

シャーリーはデイブに笑みを向け、三人のあとを追った。一日湖に出たのは、とてもよい気分転換になったが、体力は消耗していた。途中で苦しくなって走るのをやめ、ひと息ついた。背後に森を控えたホテルを見上げた。灰色の壁が夕日に照り映えている。手入れの行き届いた庭が前面に広がり、シャーリーの背後の湖まで続いている。見慣れているはずだが、これほど美しいと思ったことはない。

　頭のなかがすっきりしている。子供ができ、小さな家族を作る機会が訪れた。ジェイクのことは愛しているし、これからもその気持ちは変わらないだろう。しかし、これからは子供が最優先だ。

「きみも年にはかなわないようだね」デイブが追いついてからかった。シャーリーの腰に腕をまわし、支えた。「山の上まで押してあげよう」


　ジェイクが予想していたのとは違い、レイクビュー・ホテルは時代を感じさせる美しいホテルで、立地も最高だった。築百年はたっているだろうか。石造りの建物で、その前には優雅な庭園が広がっている。石壁に窓が穿《うが》たれ、インテリアはビクトリア朝様式で統一されていた。壁はマホガニー材が張られ、年月を感じさせる深く落ち着いた輝きを放っている。この建物が完成したときから、何も変わっていないのではないかと思うほどだ。

　背の高い瘦《や》せた男がフロントに現れた。「いらっしゃいませ」

「オーナーの、シャーロット・サマビルに会いたいんだが」

「失礼ですが、どちら様でしょうか？」

「ジェイク・ダマートだ。名前を伝えればわかるはずだ」いらだった声で言う。

「わたくしは支配人です。よろしかったら、ご用件をうかがいますが」

ジェイクは支配人の目に、おもしろがるような表情を読み取った。「いや、直接会いたい」

「今日は一日湖のほうへ出ております。六時ごろに戻ると思いますが」ジェイクは時計に目を向けた。あと一時間以上待たなければならない。「お待ちいただけるのでしたら、紅茶をお持ちいたします」

ジェイクはラウンジの椅子に腰を下ろし、紅茶に口をつけた。新聞を読もうと手に取ったが、どうも落ち着かない。新聞をテーブルに戻し、庭園へ出るドアへ向かった。

三人の若者が、大声をあげ、笑いながらこちらへ向かって駆けてくる。ジェイクはすばやくホテル前面に張り出したテラスに上がった。いったい、彼女はどこにいるんだ？ 彼は前方に広がるみごとな庭園とその先の湖に目を向けた。そこにシャーリーがいた。

かろうじて腰を覆う白のショートパンツと丈の短いトップを着たシャーリーは、とても美しい。長いブロンドの髪が夕日にきらめき、プラチナがなびいているように肩のまわりで躍る。長い脚をしなやかに運びながら、こちらへ駆けてくる。

男の自尊心をくすぐられ、ジェイクのこわばった顔に輝くばかりの笑みが浮かんだ。彼女はまだぼくのことが好きなのだ。五週間も、シャーリーと会っていない。男の本能に火がつき、体が異様にほてった。そのとき、シャーリーが立ち止まった。

とっさにジェイクは悟った。真実を突きつけられた衝撃はみぞおちに一撃を食らったようで、幸福な気持ちは吹っ飛び、怒りが込み上げて爆発寸前となった。シャーリーは彼に駆け寄ってきたわけではなかった。ジェイクがいるのにも気づいておらず、しかもひとりではない。手すりを握った手が白くなる。見晴らしのいいテラスからは、ふたりの様子がよく見える。シャーリーは傍らに来た年配の男に幸せそうな笑みを向けた。男は気安くシャーリーのむき出しのウエストに腕をまわす。

ジェイクは頭を後ろへ倒して、荒々しく息を吸い込んだ。誰も彼女には触らせない。絶対にだ。激しい怒りに駆られて頭のなかが真っ白になり、手すりを飛び越えると、大股でシャーリーのほうへ歩いていった。

シャーリーはキュー王立植物園へ行ったことを嬉々《きき》としてデイブに話していた。不意にデイブが、腰にまわしていた腕を下ろしてさえぎった。

「前を見ないで。体格のいい黒髪の男が、テラスの手すりを飛び越えて、ものすごい剣幕でこっちにやってくる」

シャーリーは顔を前に向けた。ジェイク！　まさしくジェイクだ。興奮が体を突き抜け、続いて恐怖のような感情が込み上げて震えが走った。二十歩ほど離れたところからでも、彼の全身からにじみ出る猛烈な怒りを感じることができた。

「シャーロット、ようやく会えたね」彼はぎらついた黒い目でシャーリーの視線をとらえ、ふたりの距離をつめた。広げた両腕のなかにシャーリーを抱き、きつく抱擁した。「電話をもらったんで来たんだよ」低い声が耳の奥に響く。抱き締められた瞬間は、体を硬くしたが、すぐにどうしようもなく震え出し、激しい感情の嵐《あらし》が全身を駆け巡った。ジェイクは顔を近づけ、わずかに開いたシャーリーの唇を奪った。情熱のこもった熱いキスに、シャーリーは息ができなくなり、膝が萎《な》えた。ようやく唇が離れた。

黒い目がシャーリーの顔に注がれる。「寂しかった、そうだろう?」

シャーリーはうなずいた。ジェイクが来た。まだわたしを求めている。

「よかった。では、お連れを紹介してくれるね?」ジェイクは、写真に写っていた男だと気づいていたが、はっきりと確認したかった。

「連れ?」頭がまともに働かず、シャーリーは困惑してジェイクの顔を見上げた。彼の冷たい視線が頭ごしにシャーリーの背後に向けられているのに気づき、思わずはっとした。デイブのことだ。顔を赤くしながら、ジェイクの抱擁から身を引こうとしたが、彼は放そうとしなかった。シャーリーの体をくるりとまわし、片腕を腰に巻きつけて引き寄せた。

彼女はぼくの女だと口にするよりも、もっと露骨にその気持ちを態度に表し、片手をデイブに差し出した。「ジェイク・ダマートです。あなたは?」

落ち着き払ってデイブはその手を握った。「デイブ・ワッツです。シャーリーの家族とは昔からの友人で、彼女の両親が亡くなってからは、父親代わりですよ」

「本当に？　きれいごとは信じないほうでしてね」

「当然でしょう。でも、お悩みはよくわかりますよ。シャーリーは、とてもきれいだから」デイブは淡々と応じる。

ジェイクの刺《とげ》のある言葉にシャーリーはショックを受け、体がこわばった。頭をめぐらせてジェイクの顔を見上げる。彼は黒い目を細くしてデイブを見すえていた。前を向くと、デイブも同じように険しい表情を浮かべている。頭と頭を突き合わせ、今にも死闘を演じようとする肉食獣のようだ。

そのとき、気づいた。今の情熱的なキスは、デイブへの威嚇だ。愛に駆られたわけではなく、自尊心が傷つけられて、あのようなまねをしたのだ。シャーリーは怒りがわき起こるのを感じながら、ふたりの男が互いににらみ合うのを黙って眺めていた。いきなりデイブが大声で笑い出した。

「もうよそう」長年の友人のようにジェイクの背中をたたいた。「しかし、シャーリーを傷つけたりしたら、わたしも本気になる。じゃあ、行くよ。シャーリー、またあとで」そう言って歩み去った。

デイブの前で口論したくなかったので、シャーリーは怒りを抑えていた。彼がいなくなるとそれが一気に爆発した。「放してちょうだい」体をよじった。

「わかったよ。でも、ひとつ教えてほしい。デイブの奥さんはどこにいるんだい？　まるで幸せいっぱいの夫みたいに、きみの腰に手をまわしていたよ」

シャーリーは素っ気ない声で答えた。「リサは去年亡くなったのよ。それから、デイブは恋人だろうなんてふざけたことを言われる前に言っておきますけど、男の人は誰も彼もが、薄汚れた道徳観念を持っているわけではありませんからね」

「そんなこと言ったかな?」ジェイクは人を見る目が鋭いし、男というものをよく知っている。デイブはシャーリーの腰に腕をまわしていたが、あれはどう見ても肉親の愛情から出たものではない。だが、もういい。こちらの態度は、はっきりと表明したのだ。ジェイクは黒い目をみはり、美しい顔を一心に眺めた。まるで純粋さの化身だ。初めて愛を交わしたときのことが、心に浮かぶ。あのときも、やはり純粋だと思った。彼女は驚いたように息をのみ、信じられないほど熱くなって体をこわばらせ……。すでに欲望に火がついているジェイクは、あわてて記憶を振り払った。腰にまわしていた手を離し、一歩後ずさる。スーツの上着を整え、両手をズボンのポケットに突っ込むと、ぎゅっとこぶしを握り締めた。

シャーリーはまだ黙り込んでいる。今朝、マルタからシャーリーの伝言を聞き、ジェイクはすぐにイギリスへ飛んできたのだった。

「胸に手を当てて考えることね」シャーリーは怒りを目に表してジェイクを見すえた。

ジェイクの物腰は柔らかく、感情を完璧に抑え込んでいる。皺ひとつないグレーのビジネススーツ姿でこのようなリゾート地にいては浮いて見えるはずだが、そんなことはなかった。彼はすばらしい。

長い沈黙が続き、空気が緊迫する。シャーリーは唇をかみ、怒りを抑え込んだ。「ここで何をしているの、ジェイク」シャーリーは愚かではなかった。再会したときの情熱的な抱擁は、デイブに見せつけるための高慢な手段にすぎないことはわかっている。深く傷つき、ジェイクに対する疑いが根を張っていくが、それでも彼を求めてしまう。この五週間、本当につらく、ジェイクを思っては涙を流した。感情の起伏が激しく、まるでジェットコースターにでも乗っているかのように、電話がかかってきたときには喜びに打ち震え、かかってこないときは猜疑《さいぎ》心にとらわれてどこまでも沈み込んだ。自分の弱さを恥じ、つんと顎を上げた。「わたしの友達を侮辱するほかによ」

ジェイクはじっと彼女の顔を見つめた。どれほど魅力的に見えるのか、シャーロットは自覚しているのだろうか。かわいらしい顔を怒りで赤くし、毅然《きぜん》と顎を持ち上げているさまが、どれほどどすてきか。「きみの友達のことで、議論はしたくないよ」

「当然でしょうね」シャーリーは雑誌に掲載された写真を思い出した。ジェイクは二股をかけている裏切り者だ。「ニューヨークは楽しかったんでしょう。昔の友達のメリッサに会ったようね」刺々しく言うと、ジェイクの黒い眉がしかめられた。

「雑誌を見たんだね」気取った笑みが浮かび、シャーリーはその笑顔をはぎ取ってやりたかった。

「すてきなディナーだったんでしょう？　それとも、食事のあとのことを期待して、あんな笑顔になっていたのかしら？」

「なるほど。そういうことだったんだね」おもねるような口調で言った。シャーロットは焼きもちを焼いているのだ。ぼくがほかの女性に入れ込んで、ほったらかしにしたと思っている。まずは誤解を解かなければならない。「メリッサは昔の友達だよ、きかれる前に言っておくけど、そう、恋人だった。でも、きみに会う何カ月も前の話だ。ほかの裕福な男を見つけると、彼女はぼくのもとを去っていったんだ。あのときは、たまたま、その男と来ていただけだよ。デートしていたわけじゃないんだ」

「あなたを捨てた？」シャーリーは大きな声をあげた。やはり、女性のほうから彼のもとを去るなんて、想像できなかった。

ジェイクは肩をすくめた。「大したことじゃないよ。お互い同意の上でね」シャーリーはその言葉が信じられるような気がした。ジェイクの仕事依存症ぶりは身をもって知っている。どのような女性も仕事と比べると、どうでもいい存在なのではないか。もちろん、わたしも含めて。「過去のことは、もういいよ。ぼくが話しているのは、今のことだからね。できたら、人目につかないところで、先を続けたいんだけれど」

このとき初めて、数人の宿泊客が庭を散策しているのにシャーリーは気づいた。

「妊娠したことをホテルじゅうに知らせたいのなら別だけどね。なんといっても、ぼくに言う前に、うちの家政婦にしゃべってしまったんだから。電話をしたのは、そのことだよね?」素っ気ない口調だ。

シャーリーは頬が赤くなるのを自覚した。イタリア語は思っていた以上に通じたらしい。「その……ええ、そうよ。ふたりだけで話したほうがよさそうね」目を、ジェイクの顔からそらしながら答えた。「一緒に来て。裏手に家があるの」

7

誰とも顔を合わせずに、自宅の居間にたどり着いたので、シャーリーは安堵《あんど》のため息をついた。「何か飲む？　紅茶？　コーヒー？」シャーリーはキッチンへ歩いていき、途中で振り返った。「それとも、アルコール類がいいかしら？」愛想よく尋ねた。

ジェイクは、部屋の中央に立っていた。黒い影となって浮かび上がった体が、緊張している。「いや、何もいらないよ」彼は険しい視線を向けた。

シャーリーは湿っぽい手をショートパンツにはわせ、キッチンの入り口に立ち尽くした。どうしていいのかわからない。ジェイクがいきなり現れて、驚くとともに心は喜びでいっぱいになった。その気持ちはやがて怒りに変わり、ついに決まり悪い思いにとらわれた。あんな電話、かけるんじゃなかった。「わたしの伝言を聞いてくれたようね」神経質につばをのみ込みながら言った。

「聞いたよ」ジェイクはシャーリーの顔に目をすえたまま歩み寄り、十数センチまで距離をつめた。「なかなかのものだね、シャーロット。家政婦に妊娠したと伝えることができるほど、イタリア語が上達したんだから。ぼくはパパになるのか。あまりありがたくないね」

ジェイクは怒っている。引き締まった大きな体のあらゆるところから怒りがにじみ出し、こちらを圧倒する。とがめるような険しい視線に耐えられず、シャーリーは目をそらした。

電話をかけたのは、本当に失敗だった。しかし、あのときはひどく傷ついていたのだ。ジェイクを愛する気持ちを伝え、電話がかかってくるのを心待ちにしていた。ところが、一カ月なんの音沙汰《おとさた》もなかった。それから、雑誌でほかの女性と一緒の写真を見て、理性をなくした。激しくジェイクを求める気持ちに、四六時中、胸が痛んだ。彼の笑顔、声、手の感触が、繰り返し夢に出てきた。

ジェイクの黒い目がうんと細くなった。指でシャーリーの顎を持ち上げ、目と目を合わせた。「妊娠したんだね、シャーロット？」

「ええ、そうよ」ぶっきらぼうに答える。ジェイクに抱き寄せられ、だいじょうぶだよと言ってもらいたかった。けれども、ジェイクの顔の表情から、それは期待できそうにない。

「いつ、妊娠したとわかったのかな？」

「七週間前よ」初めて愛を交わしたときか、その次あたりに妊娠したことになる。「運が悪かったのかしら」シャーリーは考えを口に出していることに気づかなかった。顎に当てられていた指が外されて、はっとわれに返った。彼の引き締まった唇がゆがみ、冷たい笑みが浮かんだ。

「運が悪かった?」黒い目が怒気を放つ。「ぼくにとってはそうだ。だけど、きみには好都合だろう。七週間とはおもしろいね。ぼくたちが出会った時期と、ぴったり重なる」

ジェイクは怒り心頭に発していた。父親としてぼくを縛りつけようとしているのは明らかだ。しかし……これほどまでにぼくを怒らせ、それでいて欲望を刺激するなんて。認めるのは腹立たしいが、シャーロットのことを頭から締め出そうとしても、体が言うことを聞かない。ジェイクは彼女の姿に視線をはわせた。白いショートパンツがもうひとつの皮膚のように腰に張りついている。むき出しのおなかはまだ平らだが、胸は少し豊かになっているのだろう……だめだ!　どれほど気持ちをかき立てられようとも、あの澄んだ青い目にだまされるつもりはない。

「医者に見てもらうのが、早すぎはしないかい?　妊娠を心待ちにしていた女性ならいざ知らず」皮肉たっぷりに言った。

「三週間も、毎日毎日、気持ち悪い日が続いたんですもの」顔を赤くし、ジェイクを見上げて言葉を切った。「信じてくれないのね」ゆっくりとした口調で言う。頭を振り、ジェイクに背を向けてソファーまで歩いていった。崩れ落ちるように座ると、いきなり寒気に襲われて腰のあたりで腕組みをした。ジェイクが信じてくれないとは思わなかった。

「そんなことは言っていないよ」彼もソファーまでやってくる。

「その顔を見ればわかるわ」ジェイクを見返す。引き締まった体全体から怒りが発散され、言葉の端々にもにじみ出ている。目の前に立ちはだかる怒りの化身のような人は、わたしの愛したジェイク、わたしが知っているジェイクとは、別人だ。

「ぼくを責めているのかい？　不可解な妊娠で金持ちの夫を手に入れようったって、そうはいかないよ。きちんと証明してほしいね」

金持ちの夫？　証明ですって？　シャーリーは震えながら息を吐き出した。徐々に怒りが込み上げてくる。彼は、こうやって成功への階段を上ってきたのだ。いきなり現れて、わたしと友達を侮辱し、最後には金欲しさに嘘《うそ》をついているとのたまうほど、とてつもない神経の持ち主なのだ。

シャーリーは激怒するあまり、はじけたようにソファーから立ち上がり、ジェイクをにらみつけた。「あなた、それでも男なの？」青い目に憤怒《ふんぬ》の炎を揺らめかせながらあざけった。「二週間わたしとベッドをともにして、二回ほど電話をくれただけで、一カ月もほったらかし。そうかと思えば、自家用ジェット機でいきなり押しかけてきて、独りよがりなことばかり言って怒っている。しかも、わたしがあなたのお金を狙《ねら》っているとまで言い出すなんて……。わたしが妊娠したことを証明しろですって？」怒りに体を震わせながら、手のひらで彼の胸を押した。ジェイクは唇を引き結んだまま、されるがままになっている。

「どうしてほしいのよ？　おなかを開けて見せればいい？　あなたには都合がいいわよね。

中絶費が浮くわけだし」

ジェイクの冷静さが消えた。激しく動揺したように顔が青ざめる。「それは違う」力強い手が伸びてきてシャーリーの震える肩をつかむと、ぐっと引き寄せた。わずか数センチのところにジェイクの顔が迫る。「そんなことを言うもんじゃない」彼は見開いた黒い目に恐怖の光を宿しながら、じっとシャーリーの顔を見つめている。指が肩に食い込んだ。

ほとんどヒステリー状態にあったシャーリーも、ジェイクの反応の激しさに思わずわれに返った。「心配いらないわ。どんなことがあっても、子供は育てていくつもり。手を離して。痛いわ」

「すまない、気がつかなかった」手の力がゆるんだが、肩はつかまれたままだ。

シャーリーもそのほうがよかった。急に全身の力が抜けてしまったからだ。「散々ね」ぽつりとつぶやく。金目当てに妊娠したと思われるのはたまらなかった。ただひとつの救いは、ジェイクが堕胎を望んでいないことだ。

「そんなにひどい状況でもないさ」ジェイクが不意に言った。「結婚しよう」

シャーリーはいきなり顔を上げた。「結婚ですって？ それ……プロポーズのつもり？ 確かに子供は授かったけれど、わたしは今の生活を続けるわ。ここは子育てに理想的な環境だもの」片意地を張っていることはわかっていた。ジェイクなら夢に見たような生活を保証してくれるはずだし、三十分前だったらシャーリーも喜んで飛びついただろう。ところが、もうそのような気持ちはない。彼はあそこまで怒りを爆発させ、侮蔑《ぶべつ》の言葉を口にしたのだ。

ジェイクの体がこわばり、肩に置いた手が下ろされた。いつもの冷静さを取り戻したらしく、顔には感情の痕跡《こんせき》をとどめていない。シャーリーのよく知っているジェイクに戻った。

「ばかなことを言うんじゃない。父親がいないのに、何が理想的なんだ。準備が整いしだい結婚しよう」

ジェイクの言うとおりだと、シャーリーも思った。それなのに、どうして気が進まないのだろう。割りきれないものがあるのはいやだ。わたしがジェイクを愛するように、彼にも愛してもらいたい。ばかげた考えなのだろうか？

「きみだって、それがいちばんだと、わかっているはずだよ」ふたりの視線が絡み合う。ジェイクの黒い目の奥に宿った光に、シャーリーの胸は痛んだ。「金目当てだなんて言ってしまったけれど、本心じゃないんだ。あんなやり方で妊娠を知らされたんで、頭にきて……ひどいことを言ってしまった」

「本当に」シャーリーは冷たく応じたが、無理もないと思った。家政婦に告げるだなんて、あまりと言えばあまりだ。

「一緒に過ごした二週間は、ぼくの人生でもっとも幸せなひとときだった」その言葉に、シャーリーは心に希望の火がともるのを感じた。「ぼくたち、ふたりともとても楽しかったよね」指をシャーリーの頬に当て、優しくさする。「楽しいという言葉では言い表せないほどだった。わかっているよね。結婚しよう。きみだってそうしたいはずだよ」手がウエストのラインを滑っていく。彼の手の感触に、背筋に震えが走った。

ジェイクはシャーリーにとって世界でただひとりの男性だ。じっとこちらを見すえる目には、明らかに温かい感情が込められている。言い争ってなんになるのだろう。ジェイクはシャーリーの望んでいたことを提案している。あとはただ〝愛〟という言葉を口にしてくれさえすれば。

ジェイクは目をそらし、手を彼女のおなかにはわせた。彼の口元にゆっくりと笑みが広がる。「おそらくぼくの子供なんだろう。どっちみち、誰が父親かだなんて、どうでもいいさ」

ふたたび怒りが込み上げ、彼の手を払った。「当たり前でしょう！」シャーリーは憤怒に目を光らせた。「わたしがベッドをともにした男性は、あなただけなのよ。その結果がこのおなか、よく見てちょうだい！」死ぬほど腹が立って怒鳴りつけた。

ジェイクの体がこわばり、黒い目に激しく感情が躍っている。彼は目をゆっくり閉じて口を開いた。「結婚する大きな理由はね」端整な顔に輝くような笑みが浮かんだ。「きみがぼくを愛しているからさ」

「ベッドをともにしただけよ。うぬぼれるのもいい加減にして。わたしは……」シャーリーは言葉を切った。彼の先ほどの言葉が耳の奥で響く。〝誰が父親かだなんて、どうでもいい〟何も問わずに結婚してくれるということだ。言葉には出さないけれど、彼もわたしを愛してくれているのかもしれない。

「いや。たんにベッドをともにしただけじゃない」

ジェイクは突然、初めて一緒に過ごした晩、シャワーを浴びていたシャーリーの姿を思い出した。シャーリーは目を大きく見開きながら脚を腰に巻きつけた。彼は避妊具をつけることなど考えずに、滑らかな彼女のなかへ入った。それよりもさらに前、シャーリーのみごとな体がこわばり、驚きに息をのんだとき、しばらく男性と接していないのだろうと思った。今、はっきりとわかった。シャーリーには男性経験がなかったのだ。彼は自責の念に駆られ、唇をゆがませた。まったくひどい仕打ちをしてしまった。彼女が結婚話に乗ってこないのも当然だ。

目を半ば開いて、シャーリーの愛くるしい顔、ほとんど裸と言ってもいい状態の体を見つめた。手を伸ばせば届く距離にふたりは立っている。シャーリーの体温を感じ、独特な香りに鼻をくすぐられる。荒れ狂う情熱をなんとか抑えつけていたが、ついにはじけた。

ジェイクがふたりの間の距離をつめ、たくましい手を肩にのせると、シャーリーは身を引いた。「シャーロット、どうか結婚してくれ」

即答してはだめ。一歩下がるのよ。しかし心の声は、その場にとどまるように言い、お願いだからうなずいてと理性にささやきかける。輝く黒い目が間近で訴えかけていた。シャーリーはとうとう口を開いた。「わかったわ」ジェイクを愛しているのだから、断れるわけがない。

「ありがとう《グラッツィエ》」ジェイクの胸に抱き取られ、あっという間に唇を重ねられた。

シャーリーは家に帰ってきたような心の安らぎを覚え、体が溶けていった。解き放たれた熱い情熱が洪水のように押し寄せて、すべての疑いを洗い流していく。押しつけられるジェイクの肉体の固さを感じ、われを忘れて体をすり寄せた。胸や腿、すべてのところに触れてほしいと思った。彼の手の感触、その存在を全身で感じたい。腕をジェイクの首にまわし、指を黒い髪に差し入れた。

唇を重ねながらジェイクはうめいた。「ああ、シャーロット。寂しかったよ。どれほどこうしたいと思ったことか」彼の手がシャーリーの胸を包み込む。丸い小山を覆うコットンの上を指がはった。敏感な先端をつままれ、シャーリーは思わず声をあげた。快い刺激が突き上げて、胸から腰へ走った。

「わたしも寂しかったわ」下唇を軽くかまれ、シャーリーは熱いため息をもらした。餓《かつ》えた情熱を解き放つようにジェイクがふたたび強く唇を求めると、何も考えられなくなって、彼の腕のなかで震えた。「好きよ。あなたのそのやり方が大好き」頭の回路が混乱しているが、なんとか言葉になった。

「わかっているよ」唇を重ねながらジェイクは笑った。シャーリーのこういうところがたまらなく好きだった。思っていることを正直に口にする。彼女の体を手でなぞりながら、ゆっくりと下へはわせていく。長い指をショートパンツに差し入れると、シャーリーはふたたびジェイクの名前をつぶやいた。

「シャーリー、金庫の鍵《かぎ》を……」

ジェイクの手がさっと抜き取られた。彼はその手をシャーリーの腰にまわして抱き締め、悪魔でも赤面するような悪態をイタリア語で連発した。

「おっと、失礼。でも、キスをして仲直りというのはうれしいよ」靄《もや》のかかったシャーリーの頭のなかで、ようやく支配人の言葉が意味を形作った。

「ジェフ!」シャーリーは顔を真っ赤にして甲高い声をあげ、ジェイクの胸を押した。

「ノックしたんだが、聞こえなかった?」

シャーリーは決まり悪さにどうしていいかわからず、体をよじってジェイクの腕から逃れようとした。

「申し訳ない」ジェフはにっこりと笑った。少しもすまなそうには見えない。「ということは、シャーリー。まもなくウエディング・ベルが鳴り響くというわけだね」

「ご覧のとおり、シャーロットとぼくは、離れられない関係でね。そう、ぼくたちは結婚するんです。都合がつきしだい、すぐに」

「わかりました、ミスター・ダマート」ジェフは笑い声をあげた。「鍵を取りに来ただけですので、すぐに引き下がります」

ジェフが出ていくと、ジェイクはまたシャーリーの体を引き寄せた。「さて、シャーロット。ぼくたちは結婚する。後戻りはできないからね」

「気持ちは変わらないわ」挑戦を受けたら引き下がらないのを信条にしている。シャーリーはぶっきらぼうに尋ねた。「結婚するのは、わたしが妊娠したから？　それとも、わたしを愛しているから？」

「かわいい人《カーラ》、ぼくはきみに夢中なんだよ」ジェイクはシャーリーにキスをした。


二週間後、ふたりは結婚し、ホテルの庭で披露パーティーが開かれた。

「もう一枚。そう、その調子」ディエゴはジェイクの親友で、有名なファッション・カメラマンだ。

「ポーズをつけたほうがよかったかしら」少々怖《お》じ気《け》づいて、シャーリーはジェイクに小声で言った。

「どうも落ち着かないね。ほかへ行こう。きみはぼくだけのものだからね。記念すべき日なのに、これ以上時間を無駄にしたくない。今夜はとても大切な夜だよ。友達とおしゃべりなんかしていられない。まあ、すてきな人たちばかりだけどね」ジェイクは黒い目を隣に向け、象牙《ぞうげ》色のドレスをまとった魅力的な新婦を眺めた。ぼくの妻だ。目に狂いはなかったと、自らを祝福したい気持ちだった。シャーリーからかなりの数の男性の友人を紹介され、彼女が地元の山岳救助隊の一員であることを初めて知った。シャーロットは美しく、セクシーで、ぼくの子供をおなかに宿しているだけではなく、勇気ある女性なのだ。しかし、山登りは当分、控えてもらわなければならない。愛というものを信じてはいないが、シャーロットの愛の告白は抵抗なく受け入れることができた。何もかも最高だ。

「ひとつのことしか、頭にないんでしょう」シャーリーはくすくす笑い、青い目をいかにも楽しそうに輝かせた。

「とがめているのかい？　だって、七週間もご無沙汰なんだよ」

「いいえ、わたしだって待ちきれないの」シャーリーも本音を口にした。結婚の誓いのあと〝花嫁にキスを〟と神父に言われ、ジェイクがシャーリーを抱擁して優しいキスをしたとき、シャーリーはうれしくて涙が出た。このときほど人に愛されている、大切にされていると感じたことはなかった。しかし、今はもっともっと愛が欲しい。

ジェイクがプロポーズした日、ホテルではパーティーが開かれた。成り行きか、それとも最初から目論《もくろ》んでいたのか、ジェフとデイブはジェイクをまじえて、男たちだけで夜を過ごした。仕事の都合でジェイクは翌朝早く出発しなければならなかった。そのような忙しい状況にあっても、ジェイクはジェフやデイブと長距離電話で相談しながら、式の段取りをつけていた。シャーリーのやることといえば、店へ出向き、嫁入り支度を整えることだけだった。レースの下着、まったく実用には向かない透けて見えるネグリジェを数枚買った。おなかが大きくなることを考えて、カクテルドレスは一枚だけにしておいた。ほかにも、最高級のスーツを一着買った。

洗練されたカットのシルクのドレスはストラップレスで、わずかに胸の谷間をのぞかせ、今はまだほっそりとした体の線を際立たせながら膝まで覆っている。この象牙色のドレスに合わせる装飾品は薔薇《ばら》の蕾《つぼみ》のブーケのほかは、真珠のチョーカーだけだ。昨夜、飛行機でやってきたジェイクが、ホテルでディナーをともにした際にプレゼントしてくれたものだ。しかし、ふたりはその夜を一緒に過ごさなかった。新婦の付き添い人であるエイミーが、ひと晩、シャーリーの部屋に泊まり、ジェイクは歯がみすることになった。新郎の付き添い人のディエゴは、今朝、到着した。彼とジェイクは、大学時代からの旧友だという。

シャーリーはブーケを集まった人たちに向かってほうり投げた。エイミーがそれを受け止め、前に歩み出ると、シャーリーにスーツのジャケットとハンドバッグを手渡した。

「楽しいハネムーンを。すてきな結婚生活を送ってね」

「ありがとう」シャーリーは満面に笑みをたたえた。

「うれしいよ」ジェイクも応じた。「残念ながら、仕事の関係でしばらくハネムーンはお預けだけれど、結婚式の夜はゆっくりできるからね。それにしても、車は遅いな。待っていて。見てくるから」

シャーリーは夫になったばかりのジェイクの後ろ姿を見つめ、喜びのため息をもらした。これまでの人生でいちばん幸せな日だ。

「新婦がため息をもらしているぞ」ディエゴがシャンパン・グラスを手に傍らにやってきた。

「うれしくて、つい」横目でディエゴの輝くばかりの笑みを見つめてから、夫に視線を戻した。オーダーメイドのシルバー・グレーの三つ揃《ぞろ》いのスーツを着たジェイクは、息をのむほどすてきだ。デイブに向かって片手を大げさに振って車道を示している。いかにもラテン系男性らしい。シャーリーはジェイクのそんなところが大好きだった。

「サマビルからダマートに名字が変わるけれど、そのほうがぴったりだっていう気がするよ」ディエゴはそう言ってシャンパンに口をつけた。

「ええ、そうね」シャーリーは軽く相槌《あいづち》を打った。ジェイクと今夜のことで頭がいっぱいだった。

「画家のロバート・サマビルとは、何か関係があるの？」

「ええ、父よ。実は、ジェイクと知り合えたのは、父のおかげなの」アートギャラリーで初めてジェイクと会ったときのことを思い出しながら答えた。

「ああ、なるほど。それでわかった！　ジェイクのことは前から知っていたんだね。二週間のつき合いで結婚すると聞いたときには、首をかしげたんだよ。ジェイクはそれほど早急に物事を決める男じゃないからね。でも、お父さんがアンナと暮らしているときに、アンナを通じてジェイクと知り合ったんだろう？　それとも、葬式のときかな？」ディエゴは頭を左右に振った。「お父さんが亡くなられた直後にアンナは死んだ。悲劇だよね」

ディエゴの言葉の持つ重要性に気づき、シャーリーは眉を寄せた。不意に、ジェイクが購入した裸婦画が脳裏に浮かんだ。父の最後の恋人。彼女の名前は……確かアンナだった。ディエゴの言葉を信用するなら、アンナはジェイクの身近な友人だったはずだ。どうしてひと言も話してくれないのだろう？

「ああ、なんて話題を持ち出したんだ。申し訳ない。今日は、昔の悲しい話をするような日ではないね」

ディエゴの話で疑惑が兆した。知らされていない謎《なぞ》がある。それでもディエゴの言うとおり、今日は過去を振り返る日ではなく、未来に希望を託す日だ。シャーリーは疑いを隅に押しやり、ディエゴがジェイクの大学時代について話すのに耳を傾けた。

その五、六メートル向こうで、デイブはジェイクをなだめていた。「落ち着くんだ、ジェイク。車はあと五分で来るそうだ。それにしてもきみは幸せな男だよ。シャーリーはイエスかノーかはっきりさせないと気がすまない女性だから、心がけておくことだね。国際緊急救助隊のみんなは寂しがっている。無事に出産が終わって、復帰する日を心待ちにしているよ」

「なんだって?」ジェイクは黒い眉をつり上げた。妻のことをまったく知らなかった。彼女が世界じゅうを駆けまわって危険な救助活動にいそしんでいると聞かされ、ジェイクは驚いた。「デイブ、悪いが、シャーロットの復帰は期待しないでくれ。彼女とは別の計画があるんだ」そう言って肩をすくめると、妻のもとへ向かった。

「ディエゴっておもしろい人。気に入ったわ」

ジェイクはシャーリーのところへ戻り、きらきらと輝くサファイア色の瞳を見下ろした。片手をシャーリーの頭の後ろへまわし、熱いキスをした。

顔を赤くしたシャーリーは、歓声がわき起こるのを聞いた。そのとき、車が到着したとデイブが大声をあげた。ジェイクは大げさにお辞儀をし、両手でシャーリーを抱きかかえて車へ運んでいく。シャーリーは思わず笑い声をあげた。

「まあ、すごいわね!」白いリムジンの後ろに缶がくくりつけられ、車体は少々きわどい落書きだらけだ。ジェイクは平然として、後部座席にシャーリーを下ろすと、隣に乗り込んだ。

指でシャーリーの唇をなぞる。「きれいだよ」唇を重ねた。情熱と将来への希望に満ちたキスだった。これからどのような人生を歩もうと、わたしはジェイクを愛し続けるだろうと、シャーリーは思った。

8

　ジェノバの空港には、リムジンが迎えに来ていた。車は海沿いの曲がりくねった道を進んで丘を上り、どっしりとした鉄製の門の前で停《と》まった。警備員が門を開け、車はスピードを上げてしばらく走ったあと、ようやく豪邸にたどり着いた。

　目をみはるほど近代的なデザインで、ほとんどガラスと鉄骨でできている。ジェノバの中心からわずか数キロメートル、しかもドロミテアルプスを背後に望み、屋敷の前方には地中海が広がっている。

「新しい住まいだよ。気に入った？」ジェイクは笑いながらシャーリーを抱き上げ、どっしりとした両開きのドアからなかに入った。

「まあ、ガラスの階段なのね！　すてき」シャーリーは思わず歓声をあげ、それから、広々とした玄関ホールに女性と少年が控えているのに気づいた。

　ジェイクは黒髪の女性をマルタだと紹介した。握手をしながらシャーリーは、激高して電話をかけたことを思い出し、顔を赤くした。その隣のかわいらしい男の子はマルタの息子アルドで、うれしいことに上手な英語を話した。それからマルタの夫トンマーゾもやってきた。トンマーゾは運転手だという。彼らが自分たちのコテージに帰ると、ジェイクはドアを閉めて鍵《かぎ》をかけた。

シャーリーは室内を見まわした。みごとなインテリアだったが、目を引いたのは絵画のコレクションだ。マティス、それにモネも二枚ほどある。

「ようやくふたりきりになれたね」ジェイクはシャーリーを抱き上げ、二階へと階段を上った。

寝室のベッドにゆっくりとシャーリーを下ろす。彼の指が優しく唇に触れ、輪郭をなぞった。シャーリーは緊張した。何度もジェイクとベッドをともにしているが、今日は特別だ。

ジェイクはシャーリーに目をすえたままジャケットを脱ぎ、ネクタイを外した。それからゆっくりと、身につけていたものを床に落とし、シャーリーの前に立った。シャーリーは頬を染め、がっしりとした姿に見入った。性的な雰囲気が濃厚に漂いはじめる。

「緊張することはないよ、シャーロット」心を見透かすようにジェイクは言うと、シャーリーとの距離を縮めた。「今日のきみはとてもきれいだ」そうささやいて顔を近づけてくる。

体が熱を帯び、熱く脈打ちはじめた。唇が重ねられると喉の奥からうめき声がもれた。

彼の手が胸をはい、腿へと下りていく。あっと思ったときにはドレスが足下へ滑り落ち、レース飾りのついたフランス製の白い下着一枚の姿になった。

ジェイクは一歩下がり、シャーリーの体を眺めた。真珠のチョーカーと、カットの深いとても刺激的なレースの下着が、彼の興奮を高めた。胸は丸みを増し、子供の宿ったおなかはまだ平らだ。

「きみのこの姿を見たかった。一生待ち続けていたような気持ちだよ」

心の準備はできていたはずなのに、シャーリーはどうしたことか、ジェイクの熱いまなざしにさらされ、いきなり自信がなくなってしまった。ジェイクは非の打ちどころがない。背が高く、輝きを放っている。シャーリーは彼のためにも完璧《かんぺき》でありたかった。だが、今の自分は妊婦で、とても完璧なスタイルとは言えない。狼狽《ろうばい》して、一瞬、彼の背後に目を泳がせた。壁にかかっている絵が見えた。ゴーギャンだ。長い黒髪の島の女性が描かれている。不意に、ディエゴが言っていたアンナのことを思い出した。

「アンナって誰?」頭に浮かんだ疑問を口にした。彼の黒い目に視線を戻し、出口を求めてあえぐ欲望と飢えをそこに見て、シャーリーの下腹部に火がついた。

彼のほうへ体を預けようとしたとき、ジェイクが頭をのけぞらした。腰に置かれた手に力が加わり、痛いほどだ。「どうしてそんなことをきくんだい?」

「別に大した理由はないわ。壁の絵を見て、ディエゴの話を思い出しただけ」

ジェイクの顔はこわばったが、腰をつかんでいた手の力はゆるめられた。「ディエゴはほらふきだ。何を聞いたか知らないけれど、忘れるんだ」

強圧的な言い方でなければ、シャーリーも素直に従っていただろう。だが、彼の奇妙な態度に、この謎《なぞ》を解いてやろうという気持ちがふくれ上がった。

怖《お》じ気《け》づかないうちに、シャーリーは言った。「アンナは、昔つき合っていた人なの？」

「冗談じゃない、違うよ」ジェイクは激しい怒りを覚えながらも、そんな権利がないことはわかっていた。シャーロットが不思議に思うのも当然だ。彼女は、困惑の色を深めた目でじっと見つめてくる。

「じゃあ、どうして話してくれないの？」

「きみは知っているはずだ。きみのお父さんの恋人だったんだよ。二十歳以上も年の離れたね。さあ、もうこんなことは忘れよう」乱暴にシャーリーを抱き寄せた。「結婚式の夜だよ。言い争いはなしだ」

ジェイクは逃げているとシャーリーは思った。でも、彼の言うとおりだ。せっかくの雰囲気を台無しにしてしまった。どうして口をつぐんでいられなかったのかしら？　シャーリーはため息をつき、自ら答えを出した。謎の女性アンナに対する好奇心だと。

「ベッドに入る期待からため息をついたと思いたいところだけれど、不満なんだね」

ジェイクに心を読まれ、少し顔が赤くなった。否定してもしかたがない。

ジェイクはがっしりとした肩をすくめた。厳しく端整な顔から、突然、すべての表情が消えた。「本当のことを知りたい？　わかったよ。話してしまったほうがいいね。アンナは、血のつながりのない妹だ。愛していたよ。彼女が生まれたとき、ぼくはすでに養子だった。赤ん坊のときからずっと、成長を見守ってきたんだ。それなのに、きみのお父さんが……。アンナは愛の幻想に生き、二年間、きみのお父さんが結婚してくれる日を待ち続けた」

ジェイクの言葉が胸に突き刺さり、シャーリーは青ざめた。アンナがジェイクの恋人ではなかったと知って安堵《あんど》したが、それも一瞬のこと、現実はもっと悲惨だった。絵を見ていたときのジェイクの目の表情がよみがえる。アンナの裸身が人々の目にさらされているのに、我慢ならなかったはずだ。

ジェイクと一緒に過ごした場面の数々が、心に渦を巻き、それぞれがまったく違った意味を持ちはじめた。初めて一緒に過ごした夜。欲望を昇華させたあと、ジェイクは急に冷めて、年上の男性が若い恋人を持つことをどう思うかと尋ねてきた。おめでたいことに、ふたりの年齢差を気にしているのだと思ってしまった。あのときジェイクは、父のことを念頭に置いていたのだ。

ショックのあまり、シャーリーは息をのんだ。「父を恨んでいるのね」恐ろしさに目を見開いて彼を見つめた。「そうなんでしょう？」

「彼に会ったことはないけれど、きみの言うとおり、恨みに思っている」そう言ってシャーリーの腰に腕をまわす。「でも、心配しないで。彼もアンナも、もう天に召されたんだからね。それにきみは、ぼくの妻だ」からかうように言うと、もう片方の手がシャーリーの喉をはい、巧みにチョーカーを外して床に落とした。それから胸の丸みをなぞり、親指が敏感な先端に触れる。

「だめ」シャーリーは拒もうとしたが、体が気持ちを裏切り、彼を求めた。「放して」いきなり性的な空気が濃厚になり、シャーリーはかすれた声で訴えた。「話し合わなくちゃ」

「今必要なのは、ひとつだけだ」ジェイクの黒い目が、シャーリーの胸に注がれる。硬くなった胸の先が、正直にシャーリーの欲望を伝えていた。ジェイクは視線を顔に戻し、軽く唇を触れ合わせた。「きみに必要なのは、話し合いではなく、ぼくだよ」

彼の傲慢《ごうまん》な態度と図星を指されたことで、無性に腹が立ち、情熱がしぼんだ。ジェイクは父を恨んでいると認めたにもかかわらず、腕のなかにわたしが飛び込んでくると思っている。とんでもないうぬぼれ屋だ。シャーリーは体をひねって逃れ、一歩後ろへ下がってから、敏感になった胸の先を隠すように腕組みをした。

目を閉じ、自制心を失っていないことを見せつけようと、ゆっくり意志の力を集めた。それから目を開き、整った顔をこわばらせるジェイクを見すえた。

「だめよ、ジェイク。本当のことが知りたいの」心のなかは不安でいっぱいだったが、声の震えを抑えることができ、それが自信となった。「アートギャラリーで、わたしに接近したのはなぜ？　父を嫌っていたのなら、わたしの顔も見たくなかったはずでしょう？」口のなかが、からからに乾いた。

「女性に敬意を払わない男の娘が、どんな人間か興味があったんだよ。でも、どうして今さらそんなことにこだわるんだい？　ぼくたちは結婚したんだよ。楽しい未来が待っているのに」

ジェイクはいつものように目の表情を曖昧《あいまい》にし、心の奥を隠した。すべてを打ち明けていないのは一目瞭然《りょうぜん》だ。それでもシャーリーは、彼をどれほど愛しているか、自分でも痛いほどわかっていた。結婚式の夜が悪夢へと変わりつつあるなんて、耐えがたい。ジェイクの言うとおり、どうでもいいことではないか。組んでいた腕をほどき、ためらいがちに一歩前へ踏み出した。

「妹さんのことは気の毒に思うわ」ごくりとつばをのみ込む。舌足らずな言葉であることは承知している。「アンナを失ったあなたの気持ちは理解できる」

ジェイクは視線をさまよわせた。探るような目つきから、温かみが失われていく。「いいんだ。それ以上言う必要はない」ふたたび腕が腰にまわされ、もう片方の手がシャーリーの顎を持ち上げた。「もう充分だよ」軽蔑《けいべつ》を含んだ黒い目を向けられ、シャーリーは背筋にぞっとするものを感じた。「きみのお父さんは、アンナを捨てたんだ。理由はわかっているよね。だから、口先だけの同情なんかやめにしてくれないか」ジェイクは口をゆがませて苦笑した。「きみはアンナに会うのを拒んだね」

一瞬、聞き違えたのだと思った。だがジェイクは依然として黒い目にさげすみの色を浮かべ、顔をこわばらせている。聞き違えではない。

「拒んだ?」ジェイクは誤解している。父が亡くなる三カ月前にフランスを訪ねたとき、父は、今は恋人がいないと言った。もちろん、その言葉を信じたわけではない。娘に対する気づかいだとわかっていた。でもジェイクは違う見方をしている。どうしたらいいだろう。

「アンナから何もかも聞いたよ。あばずれ娘が駄々をこねたために、追い払われたってね。娘はわがままで、休暇で訪れている間、父親を独占したくってアンナをほうり出すように頼んだらしい。さあ、観念して認めたらどうかな」

「そんな言い方はないでしょう!」シャーリーは頭を振り、顎に当てられていた指を払った。ジェイクの言葉を大急ぎで脳裏にめぐらせる。彼がほのめかしたことが、じわりと身に染み、あまりの恐ろしさに骨の髄まで凍りついた。父とアンナの関係など、どうでもいい。ジェイクは、わたしのことを自分勝手なあばずれ女だと思っているのだ。

「でたらめもいいところね」つぶやくように言って目を閉じた。おそらく、ジェイクは信じてくれないだろう。目を開き、茫然《ぼうぜん》としたまま彼の瞳をのぞき込んだ。「父のことは愛していたけれど――」はっきり説明しようとした。

だがジェイクにさえぎられた。「言い訳はいいよ。きみのお父さんは亡くなった。生きていたら、ぼくが復讐《ふくしゆう》していただろうな。アンナは車で木に突っ込んで、彼のあとを追ったんだ。でも、絵の値段が上がり、きみはずいぶんと儲《もう》けた。だから、悲劇でもなければ、沈み込むこともない。忘れてしまおう。過去は過去だ。ぼくには今が問題なんだよ」

ジェイクが何気なく言った言葉に、胸がむかむかしてきた。しかし、どれほどつらくとも、彼の口から真実を聞かなければならない。

「自分勝手なあばずれ娘で、そのうえ強欲。そう思ったなら……」感情のこもらない平板な声で言った。体のなかに冷たいものが広がっていくのに、彼に触れられているところが熱くなるのはなぜだろう。「それなら、どうしてテッドに紹介してくれなんて頼んだの？今度は正直に答えて」

一瞬、ジェイクの顎がこわばった。だが、すぐに表情が和み、弁解でもするかのように、かすかに茶目っ気を目に含ませた。「アンナの話から、サマビルの娘は子供だと思っていたんだ。ところが、やり手の女性だとテッドから聞いたんで、接近することにしたのさ。子供なら許せても、大人では許せないこともある。復讐心がわき起こったのは認めるよ。でも、ひと目見て、きみが欲しくなった。今もそうだよ」

復讐というのは、いやな言葉だ。醜くゆがんだ心の表れだ。ジェイクの言葉を信じたくはなかったが、その意味がじわりと身に染み込んでいくにつれ、彼のとてつもない思い上がり、見下げ果てた傲慢な態度にぞっとした。こんな説明に納得し、何事もなかったかのように関係を続けるほど、愚かな女だと思われているのだ。シャーリーは大きく息を吸い込んだ。「どうして結婚してくれなんて言ったの？」恐ろしいが、きかなければならない。「きみがぼくの子供を宿したからだよ、シャーロット」彼の空いたほうの手がおなかに置かれた。

あまりの怒りと悲しみに、涙があふれてきた。なんとか涙を押し戻そうと目をしばたたかせる。よりによって結婚式の夜に、ジェイクがわたしを愛していないと知った。これまでも、そして、これからも。

心は粉々に砕け散ってしまった。叫びたかった。この苦しみを大声とともに吐き出したい。しかし、シャーリーはこらえた。体のなかが凍りついていくが、感覚が麻痺《まひ》して心の痛みは感じない。口を開いたものの、声はどこか遠くから響いてくるようだった。「プロポーズしてくれたとき、愛しているか尋ねたわよね？　あなたは嘘《うそ》をついたのね」

「いや、きみに夢中だと言っただけだよ」表情のない彼の目が、平静を装おうとするシャーリーの顔に注がれる。これ以上ないというほど、おざなりな笑みが、ジェイクの整った唇に浮かんだ。「ぼくの言葉をどう解釈したかは、きみの勝手だけどね」

「解釈の問題なのね」シャーリーは虚《うつ》ろな声であざ笑い、ジェイクから視線をそらした。

今夜、明らかとなった事実は、シャーリーを骨まで切り刻んだ。しかし、弱さを見せてはならない。自分のためだけではなく、おなかの子供のためにも強くならなければ。顎をつんと上げ、冷ややかな目でジェイクを見つめた。ふたたび口を開いたとき、声にはなんの感情もこもっていなかった。「正直に言って、ジェイク。あなたはわたしを愛していない。あなたにとってわたしは、欲望の対象にすぎない。ベッドをともにしながら、復讐心を燃やしていたのね。ところが不運なことに、わたしが妊娠してしまった」

「それは違う。もう復讐なんか考えていないよ」

ジェイクは顔を近づけてきた。彼の目の表情と、手に力がこもったことから、キスをしようとしているとわかった。シャーリーは手でジェイクの胸を押した。「だめよ」こぶしでおかしくなったように彼の胸をたたく。手当たりしだいに。「やめて！」

唇が重なり合い、情熱的なキスに体に熱いものが込み上げ、シャーリーは自分が恥ずかしくなった。彼の唇からなんとか逃れようと、激しくこぶしを振りまわす。しかし、上背があり、しかも力の強いジェイクにはまったく通用しなかった。軽々と抱きかかえられ、驚くほどの優しさでベッドに下ろされた。

脚をばたつかせ、なんとか上半身を起こした。「触らないで。こんな指輪なんかいらない！」結婚指輪を外そうとした。

ジェイクは彼女の両手をつかんだ。「やめるんだ、シャーロット！」

いったいぼくは何をしているんだ。ジェイクは震えながら大きく息を吸い込むと、シャーリーの両手を離し、背筋を伸ばした。今、議論してもだめだ。気持ちが動転している。欲求不満が募る。ジェイクはシャーリーを見下ろし、体を眺めた。豊かな胸、くびれたウエスト、優しいカーブを描く腰のライン。透けて見えるような小さなレースの下着が、彼女の中心をかろうじて隠している……。だめだ、手を出してはいけない。彼は唐突に、目をシャーリーの顔に向けた。まるで悪魔でも見るような目つきでこちらを見返している。まったくぼくが悪いのだ。彼女に欲望をかき立てられ、前後の見境がなくなってしまった。冷静でいられたら、余計なことをしゃべらずにすんだものを。

あの絵はすでに燃やした。復讐など、もうどうでもいい。シャーリー以外のことには、もはや情熱を注げないと気づき、ジェイクはショックを受けた。怒りで赤くなったシャーリーの顔に視線をさまよわせる。心から愛してくれたシャーリーの気持ちが自分から離れていくのがわかり、猛烈な後悔の念にさいなまれた。

「あなたの顔なんか、見たくない」シャーリーは長い沈黙を破った。ジェイクが一歩近づいてくる。シャーリーはぎくりとして体を引き、わずかに呼吸を荒くした。

「わかった」ジェイクの顔はこわばり、必死に怒りを抑えているのがわかる。「明日の朝、また話そう」かがみ込んで床から何かを拾い上げ、シャーリーへほうり投げた。「今日、それを身につけた理由をどうか考えてほしい。大人らしく冷静にね」それからきびすを返すと、音をたててドアを閉め、部屋を出ていった。

静かになった室内に、ドアを閉める音が響き渡った。ジェイクが投げてよこした、くしゃくしゃになったウエディングドレスにそっと触れる。打ちひしがれた心に、今夜の出来事が一気によみがえった。結婚式の夜だ。どうしてこんなことになってしまったのだろう。ジェイクの自制心を打ち砕き、真実に迫ろうとした。望み、夢見ていた愛は、消えうせた。

手が真っ白になるほどドレスを握り締め、シャーリーは震え出した。スーツケースから、青いサテンのネグリジェを出し、ウエディングドレスをしまった。頭からネグリジェを着る。寒かった。目を何度もしばたたかせながらベッドへ戻り、震える体を上掛けに包んだ。枕《まくら》に顔をうずめ、込み上げる苦痛や、心を引き裂く絶望に身をゆだねた。やがて涙も枯れ、時々引きつるようにしゃくり上げるだけとなった。胸が痛くてたまらない。もうやめよう。自分のためではない。おなかの子供のためだ。

どうしていいのかわからない。「ジェイク、あなたって人は……」傷心と怒りに突き上げられ、ため息とともに言葉を吐き出した。何様のつもり？　次から次へとガールフレンドを作っているくせに、わたしや父の道徳観を批判する権利があるの？

シャーリーは何度も寝返りを打った。強くならなければ。事実を直視し、これからどうするか、時間をかけて考えよう。ジェイクに会い、愛する気持ちに理性が麻痺してしまうまでは、自立した女だった。これ以上、涙を流してはいけない。彼女はシーツで涙をぬぐった。やがて、疲れきった体は眠りに落ちていった。

夫が部屋に戻ってきて、じっとシャーリーの姿を見下ろしていた。彼は妻の頬に涙の跡を見つけ、悲しみに目を潤ませると、そっと部屋をあとにした。

9

「よかった。起きていたんだね」

シャーリーは跳ね起き、ドアへ視線を投げた。栗色《くりいろ》のシルクのバスローブを着て、裸足《はだし》のジェイクが部屋に入ってくるのを見て、驚きに目を丸くした。両手で持ったトレーの上には、朝食と、薔薇《ばら》を一輪さした花瓶がのっていた。

「きみの体を考えると、ハネムーンの朝食らしく、シャンパンつきというわけにはいかないけれどね。紅茶とスクランブル・エッグ、トーストを用意したよ」笑みを浮かべ、ベッドに近づいてくる。

ジェイクは機嫌がよさそうだ。シャーリーはほほえみ返そうとする自分を抑えた。気負いから、思っていた以上に刺々《とげとげ》しい声が出た。「ご心配なく」

「また怒っているようだね」ジェイクはあざけるように言い、目を陰らせた。顎を引き締め、ベッド脇《わき》のテーブルの上にトレーを置く。

ほんの一瞬、シャーリーは、ジェイクの歩み寄りをはねつけたことを後悔した。だが、あまりにも深く傷つけられたので、ゆうべの出来事は忘れることも、許すこともできなかった。「わたしは妊娠しているだけで、病人じゃないわ。朝食くらい自分で作れます」

「そんな必要はない。マルタの仕事だからね」彼はカップに紅茶を注《つ》ぎ、差し出した。シャーリーは彼の手に触れないように注意して受け取った。

「ありがとう」横目で彼を見ながら、礼をささやく。

「どういたしまして。さあ、どうぞ。食べたら話をしよう」

「昨日、何もかも話したでしょう」シャーリーは紅茶に口をつけ、カップをトレーに戻した。話などしたくないし、彼の顔も見たくはなかった。ゆうべ、目の前のベールが取り払われ、初めてジェイクの素顔を見た気がした。

「ゆうべは言いすぎてしまった。ぼくたちは結婚したんだよ。すべて忘れて、やり直そうよ」ベッドに腰を下ろし、上掛けの上にのっていたシャーリーの手を取って握った。

彼の肉感的で温かい手の感触に思わず反応してしまい、シャーリーは動揺するとともに、いらだちを覚えた。あわてて手を引っ込め、深呼吸をして気持ちを落ち着けると、つんと顎を上げた。青い目と黒い目がぶつかり合う。ジェイクの優しい目の表情にシャーリーは一瞬ひるんだが、だまされてはいけないと気持ちを引き締めた。

「忘れる？　都合がいいのね。わたしは絶対に無理よ。あなたと結婚するなんて、どうかしていたわ。あなたはずるくて、救いようのない嘘《うそ》つきよ」そして、わたしは世界一の間抜けだ。ジェイクはまったく違う目的で接近していたのに、ひとりで彼に熱を上げた。心はもうずたずただ。過去を忘れるなどという茶番につき合い、これ以上、愚かなまねを繰り返すわけにはいかない。「結婚はもうおしまい」ジェイクの整った顔から笑みが消え、黒い目が細くなる。空気は一挙に緊張した。

「ばかなことを言うんじゃない、シャーロット。ぼくは――」

シャーリーは鋭くさえぎった。「ばかだなんてとんでもないわ。事実を言っているだけ。結婚は解消したいの」

「だめだ。きみはぼくの妻だ」ジェイクは、美しいけれども敵意に満ちた顔を見つめながら言った。視線を下げると、滑らかに盛り上がる胸、ネグリジェの青いサテンの隙間《すきま》からのぞく肌に、目が吸い寄せられる。いつまで我慢できるだろう。ゆうべ、ウエディングドレスをほうり投げたのは悪かったと思っているが、そうでもしなければ、ぼくが彼女に覆いかぶさっていた。今朝は朝食を作りながら、彼女が昨夜のことは水に流し、大人として振る舞ってくれることを期待した。しかし、シャーリーは喧嘩《けんか》腰を崩さず、希望は一瞬ごとに失われていく。「きみはこの家に住むんだ」無気味なほど落ち着いた声で言った。「そして、ぼくのベッドで寝る。いいね？」

シャーリーは体を震わせた。彼の断固とした命令口調に鳥肌が立った。でも、おびえてはならない。

「勝手に夢見てなさい。わたしは明日出ていくわ」

「だめだ」ジェイクは首を振った。

シャーリーは身動きができなかった。威勢のいい言葉を吐くのに、ベッドはもっともふさわしくない場所だ。こちらを見下ろすジェイクの彫りの深い顔は、石のようにこわばっているものの、口元には官能的な笑みが浮かんでいる。顔を背けたが、力強い手で顎をつかまれ、ぐいと戻された。触れられると全身の血管が脈打つ。自分の弱さにシャーリーは恐ろしくなった。

「一緒に住むつもりはないわ」

「きみには選択肢はないんだよ。ここのセキュリティは完璧《かんぺき》でね。ぼくが許可しない限り、出ていくことはできない」

「強制はできないわよ。やれるものならやってみなさい」シャーリーはジェイクを見すえた。黒い目に冷酷な光が宿っているのを見て、彼は欲しいものを手に入れるためなら、どのようなことでもするつもりだと悟った。

「やりたくはないさ。わかるだろう、シャーロット。きみだってぼくたちの子供のために、いちばんいいことをしてやりたいはずだ。両親は仲良く暮らさなければならないんだよ」

ジェイクはシャーリーのうなじに手をはわせ、頭を引き寄せると頬にキスをした。「それに、きみは名誉を重んじる人だから、結婚に失敗してイギリスに帰るようなことはできないだろう」そうつけ加えると、挑発するようにさらにきつく唇を押しつけてきた。

意思とは反対に、シャーリーの全身の血はわき立ち、体じゅうの神経が鋭敏になってうずいた。誘い込むような口の動きに熱く反応してしまう自分に腹を立てる。しかし、彼の唇が離れると、さらに求める気持ちがわき起こった。彼の視線に気づき、上掛けを胸まで持ち上げる。ゆうべは意識しなかったが、ネグリジェの生地の薄さにあらためて思い至った。

「シャーロット、きみはぼくの妻だ。ぼくの子供の母親になろうという人だ。それを考えてほしい。仲良くやっていこうよ」

シャーリーは彼の目に傲慢《ごうまん》さと、男としてのこの上ない自信を読み取った。心の痛みに目を閉じて耐える。泣きたかったけれども、自尊心が許さない。わたしに残されているのは、自尊心しかないのだ。シャーリーは目を開いた。「あなたの言葉を聞いていると、どうやらわたしはこの家にとらえられたようね。どうするの？　鍵《かぎ》をかけて閉じ込める？」

ジェイクの表情が変わり、いらだちの色が浮かんだ。「まさか《ディオ》！　そんなふうに突っかからないで。ああ、シャーロット。まだ始まってもいないのに、結婚を解消するなんて。あのいまいましい絵のせいだ！」

「初めて会ったとき、嘘をついたのね。投資の対象だなんて言って。すっかり信用してしまった。絵を眺めているときの憑《つ》かれたような表情を見たときに、別な動機があると気づくべきだったのね」

ジェイクはじっとシャーリーの顔を見つめていた。重苦しい沈黙が落ちた。いたたまれなくなるほど長い間、どちらも無言でいたが、ようやくジェイクが口を開いた。怖いほど柔らかな口調だった。「大した嘘ではないよ。ある意味では本当なんだ。アンナの両親が、絵の存在に気づく前に破棄するつもりで買ったんだ。娘をなくしてひどく悲しんでいるのに、裸の絵が公衆の面前にさらされていると知ったら、もう立ち直れないからね。きみもきみだよ、シャーロット。関係者の承諾も取らず、お父さんが個人的に描《か》いた絵を金のために発表するなんて、礼儀を欠いているし軽率だ」

シャーリーは喉元に込み上げてきたものを、のみ下すことができなかった。彼には、大切な人を傷つけまいとする立派な動機があったのだ。でも最後のひと言で、ジェイクのわたしに対する思いを、あらためて確認することになった。自分勝手な欲深いあばずれ女。こんな誤解の上に結婚生活が築けるはずはない。

心の痛みが、いきなり怒りに取って代わった。お金はチャリティーのためだったと説明してもよかったが、頭の堅い傲慢な男に、そんなことを教える価値もない。ジェイクは、自信過剰だ。自分のやり方がすべて正しいと思っている。つい先ほども、わたしのことをよく理解していると言っていたが、とんだお笑いぐさだ。「わたしのことをお金の亡者だと思っているんでしょう。まったくわかっていないわね」苦々しく吐き捨てるように言った。もうどうでもいい。好きなように考えればいいのだ。

　ジェイクは自己嫌悪から、頭を左右に振った。最初は、運良くホテルの仕事を引き継ぎ、父親の絵を売って要領よく稼ぐ計算高い女性だと思っていた。しかし二週間一緒に過ごすうちに、シャーリーを見る目が変わった。デザイナーズ・ブティックでの買い物を拒んだことや、ぬいぐるみに大喜びする姿、デイブから聞いた救助隊員としての仕事は、最初に抱いていたシャーリーに対する疑いを吹き飛ばすものだった。

「おそらく、わかっていないんだろうね。だから、きみのことを知りたい。話し合わなければならないんだよ」彼は長い指でバスローブの腰に巻かれた紐《ひも》を固く握りながら、穏やかな声で言った。ジェイクの姿を眺めていたシャーリーは、彼が緊張しているような印象を受けて驚いた。じっと顔を見つめる。構えたような黒い目に、好奇心が刺激された。

「ぼくが悪いと言いたいのなら、そう言ってくれてかまわない。知り合ったときに、個人的なことを話さなかったのは、確かにいけなかった。でも、きみだって、秘密を持っていたのは責められてしかるべきだよ。山岳救助の話は結婚式のときに知ったし、おまけに国際緊急救助隊の隊員でもあるとデイブに言われたときには、本当に驚いた」

「そういう話題が出なかったから」シャーリーは言い訳をし、警戒するようなまなざしを投げた。彼がどこへ話を持っていこうとしているのかわからない。

「きっと、ぼくたちは、お互いに心を開いていなかったんだよ、シャーロット。でも、これからは違う。生まれてくる子供のためにも、きちんとした結婚生活を築かなくちゃいけない。過去を忘れ、今、ここから出発しよう。これから先、まだ長いからね。ふたりで仲良くベッドをともにするんだ。ぼくには富があるから、必要なものはなんでも与えることができる。きみもぼくたちの子供も、何ひとつ不自由なく暮らせる。妻として、それ以上望むものがあるのかな？」そう言って、無神経にも笑顔を向けてきた。

愛よ。そう言いたかったが、口には出さなかった。夢が壊れていく恐ろしさに涙が込み上げ、必死に押し戻した。「何もないわ。あなたの言うとおりよ」認めたが、ジェイクのことはこれっぽっちも信用していなかった。彼の結婚に対する考え方は、ぞっとするものだった。仕事上の取り引きと、なんら変わるところがない。ジェイクは金を払い、妻と子供を得る。でも、わたしは何を得られるの？

泣きわめきたいけれど、なんとか平静さを保った。頭も働かない。彼から目をそらし、議論することをやめた。片手を持ち上げ、鈍い痛みが脈打つこめかみをさすった。

「ぼくがもんであげよう」ジェイクは両手でシャーリーの頭を押さえた。

シャーリーは一瞬体を硬くしたが、こめかみを優しくマッサージされて、気持ちが落ち着き、恐怖心も薄れた。指先に信じられないほどの思いやりを感じて、いつまでも目を閉じていた。こめかみに感じていた重苦しさが消え、大きく息を吸い込んで、ゆっくりと吐き出した。

「楽になった？」

「だいぶよくなったわ」ささやくように答え、ゆっくりと目を開けた。わずか数センチのところにジェイクの顔があった。頭を押さえていた手は、肩に置かれ、官能的な唇がシャーリーの唇に重ねられた。

押しのけようと手を持ち上げた。しかし熱く分厚い胸板はびくともせず、ジェイクはますます巧みにシャーリーの唇を奪う。情熱的に応じてしまうのは屈辱だったが、どうしようもなかった。いったん唇を離れ、喉元の敏感な部分に口づけをされると、シャーリーは思わず低いうめき声をあげた。

「きみが欲しい」ジェイクはかすれた声で言った。欲望の奔流に押し流された彼のまなざしは、シャーリーを焼き尽くした。そっと押されてベッドに横になる。続いてジェイクも横たわった。「きみはぼくのものだよ、シャーロット。ほかのことは忘れて、結婚生活を始めよう」

シャーリーは体が反応しないように自制心を働かせた。でも無理だった。ハスキーな声だけで心がくすぐられた。ふたたびキスをされ、ジェイクの歯が下唇を優しくかんだ。それから舌先が唇をなぞり、口のなかへ入ってくる。

シャーリーが低くうめくと、ジェイクはキスをやめ、上半身を起こした。バスローブを脱ぎ、青いサテンのネグリジェの肩紐をつかんで肩から外す。目に歓喜の表情をたたえて、ジェイクはシャーリーの裸を熱く見下ろした。「きれいだ」豊かな胸から赤く染まった顔へ視線が動く。

全身がほてり、赤くなっていくのがわかった。ジェイクの整った顔に目が吸い寄せられる。唇の肉感的なライン、広い胸板に盛り上がった筋肉、おへそ、それからまた顔へ。いつものことながら、完璧な肉体に頭がぼうっとなってしまう。

長い指を一本持ち上げると、ジェイクは軽く頬をなぞり、唇から喉へ、さらに胸へと下りていった。ハスキーな声で言う。「すばらしい。きみのすべてが欲しい」

顔が近づいてきて、指がなぞったとおりに唇がはっていく。唇の上でたゆたい、強く求めるのではなく誘うようにかすめ、さらに下へ、痛いほど敏感になった胸の頂まで下りていく。

喜びに貫かれ、シャーリーの細い体はそり返った。ジェイクの指は、じらすように腿の間を滑る。ムスクの香りや指の巧みな動きが、シャーリーの体に火をつけ、すべてを彼に捧《ささ》げたくなった。

「ぼくには、きみが必要なんだよ、シャーロット」うめくように言うと、ふたたび唇が重ねられた。彼のキスに飢えのようなものを感じた。腿に高まりが押しつけられる。〝欲しい〟ではなく〝必要だ〟と言われ、シャーリーの五感は一気に燃え上がった。ジェイクは唇を離し、熱い舌と歯で刺激しながら、喉から胸のふくらみへ頭を下ろしていく。シャーリーは彼の髪に指をはわせた。ジェイクの指は、その間もずっと、シャーリーの体を愛撫《あいぶ》している。

「ぼくが欲しいんだね、シャーロット」胸から顔を上げて、視線を絡ませる。「ぼくもだよ。いつだってきみが欲しい」

彼の言うとおりだ。否定してもしかたがない。ジェイクを愛しているし、体も痛いほど彼を求めている。彼が欲望に駆られているだけなのは承知している。でも、もうそんなことはどうでもいい。歯止めのきかなくなった情熱に身をゆだね、シャーリーは彼の喉元に唇を押しつけた。サテンのように滑らかな肌に歯を立てると、彼の体がこわばり、口からハスキーなうめき声がもれた。たくましく力強い肉体をまさぐる。いとおしく、またからかうように彼の体を愛撫する。彼がしてくれたように、お返しをすると、ジェイクもそれに応じた。ともに喜びを高め合いながらも、ジェイクは巧みに導き、シャーリーは幾度も昇りつめる寸前まで連れていかれた。あまりのすばらしさに、涙が出そうになる。

ジェイクは体を引き離し、燃えるような黒い目でシャーリーを見下ろすと、腰の下に手を当てて持ち上げ、なかへ入ってきた。シャーリーは喉の奥で大きな声をあげる。唇で口をふさがれた。

体の深いところに彼の存在を感じると、全身の神経が震えた。速くなっていく彼のリズムに無意識のうちについていく。指が彼の小麦色の肌に食い込む。シャーリーの世界はジェイク一色に染まった。彼とひとつになっていることが、信じられないほどうれしい。あまりの喜びに叫び出したいほどだ。情熱の極みでふたつの体が溶け合っている不思議。いよいよ無我の境地にさまよい出て体が痙攣《けいれん》する。ジェイクが体の奥で欲望を解き放ったとき、彼の名前を叫ぼうとする自分を必死に抑えた。

ジェイクの力が抜けて、頭をシャーリーの肩に沈めた。彼のかすれた喜びの声が、いつまでもシャーリーの耳の奥で響いていた。ジェイクの激しい鼓動を胸に感じる。情熱の嵐《あらし》が去ったあとも、汗に湿ったふたりの体は、激しく脈打っていた。シャーリーはじっとりとした彼の体をいとおしむように手をはわせた。肉体的に、完全にひとつになれることをジェイクは証明したのだ。

シャーリーはぼんやりとした頭で考えた。今まで、これほど深く愛し合ったことがあっただろうか？　積極的に出たことで、ジェイクの官能に火がついて燃え上がり、情炎そのものと化した。それでいながら、その激情に流されも、シャーリーを高める手を休めもせず、忘我の境へと導いた。ジェイクが欲望の頂点を極めたとき、シャーリーはとても深く、体の底から満たされるものを感じた。

結婚生活はうまくいくかもしれない……。

ところが、次のジェイクの行動にシャーリーは茫然《ぼうぜん》となった。

「しまった！」彼はただひとつ身につけている腕時計に目をやり、ベッドから跳ね起きた。

「今朝は会議があるんだ。でも、その前にふたりで医者に会う約束をしているんだよ。あと四十五分しかない。向こうに着くまで十五分だから、きみも支度をするのに三十分しかないよ」

「あなた、どういう神経をしているの？」ジェイクは裸のまま立ち、指示をしている。シャーリーは無性に腹が立った。「あなたとなんか、どこへも行きませんからね」青い目に挑戦的な態度を込めた。「ベッドをともにしただけで、あなたから指図される筋合いはないわよ」

「ベッドをともにしただけじゃないよ。そんなことより、言い争っている時間がない。引っ張ってでも、きみを医者に連れていくからね」

「どうして医者のところへ？　わたしは元気よ」怒りを抑えて尋ねた。

ジェイクはシャーリーをじっと見つめた。「何を考えているんだ？　もちろん、子供が順調に育っているか確認するためだよ。だから、きみと結婚したんじゃないか」発作的に込み上げた怒りに任せてしゃべっていると、ジェイクは自覚していた。ふたりの関係は元に戻ったと思っていたが、シャーリーを見ていると自信がなくなった。「あと二十五分しかないよ」肩ごしに振り返って言い、部屋を出た。

　ぼくはなぜシャーロットと結婚したのだろう。はっきりとはわからない。その思いを察知したから、彼女の心はあんなに冷たくなってしまったのだ。

二十分後、シャーリーは支度を終えた。青と白のシフォンのスリップドレスは、ウエストラインを効果的に生かし、膝上までの長さがある。白のパンプス、バッグもドレスに合わせて選んだ。ガラス製の階段を玄関ホールまで下りていくと、ジェイクが待っていた。

「時間に正確だね」ジェイクは歩み寄り、シャーリーの脇に立った。「とてもすてきだよ」

男性がよく口にする見え透いた褒め言葉に、何やら落ち着かない気持ちになった。女性の本能がくすぐられたのでなければいいんだけれど。

「お医者さんのところへ行くのなら、さっさと出かけましょう」刺々しい言葉を投げつけた。

外へ出ると黒のリムジンが待っていた。初めて見る男性がドアを開けて控えていた。

「シャーロット、彼はマルコだ。トンマーゾがいないときには、マルコがきみの面倒を見てくれる」

「自分の面倒くらい、自分で見られます。お気づかいなく」怒りを含んだまなざしをジェイクに放った。

「愛想よく、ね?」腰にまわした手で押すようにしてシャーリーを後部座席に座らせると、ジェイクは隣に腰を下ろした。

産婦人科医ドクター・ブルーノは、小柄の人懐っこい老人で、流暢《りゅうちょう》な英語を話した。

経過は順調だった。診察が終わり病院の外に出ると、シャーリーは安堵《あんど》のため息を吐いた。しかし、ほっとしたのもつかの間、ジェイクに手を取られ、縁石に駐車しているリムジンへと引っ張られていった。

「あなた、会議があるんでしょう。街を見物して、買い物でもしようと思うんだけれど」

「わが家は牢獄《ろうごく》ではないんだよ、シャーロット。買い物に行きたいのなら行けばいいよ」顔を寄せシャーリーの髪に軽く口をつけた。「マルコが連れていってくれる。おっと、反論される前に言っておくけれど、迷子にならないようにするためだよ。大きな街だし、きみは右も左もわからないんだ」

「でも囚人みたいね」かたくなな態度を崩さずに言ったが、心のなかではジェイクが正しいと思った。

ジェイクは、取りつく島もないというようにシャーリーの顔を見た。「今朝、お互いに納得ができたと思ったんだけどね。勘違いかな。好きなように思ってくれていいよ。でも、マルコは残していくからね」ジェイクは背を向け、歩み去った。

ジェイクの態度に、シャーリーは内心うんざりしていた。認めるのは腹立たしいが、もう、ジェイクと別れるつもりはなかった。妊娠したから結婚したとわかっている。だからといって、彼を愛する気持ちが薄れるわけではない。ジェイクの後ろ姿を見送りながら、怒りと悲しみが同時に込み上げ、いきなり目が潤んだ。

シャーリーは買い物には行かずに、家に戻った。これが、わが家と言えるかどうかは別として。

10

シャーリーは、キッチンでアルドと一緒に朝食をとった。ほとんどの時間を一緒に過ごすいちばんの友達が、八歳の少年だというのは、この結婚がいかに悲しいものであるかを物語っている。学校は一時に終わり、昼食をとったあと、ふたりは広大な敷地のなかを探索して楽しむのだった。アルドはお気に入りの場所に案内してくれた。屋敷の裏手の崖《がけ》にある洞窟《どうくつ》だ。

気持ちが落ち着かず、シャーリーは席を立って、キッチン裏の小さな中庭《パティイオ》に出た。紅茶を運んできてくれたマルタに礼を言う。真紅のブーゲンビリアをはわせた棚に覆われ、このパティオにいると、ひとりきりになれるような気がする。朝の清々《すがすが》しい空気が、傷ついた心を癒《いや》してくれる。

結婚してから今日で一週間だ。結婚式をあげたのが、はるか昔に思えた。人生でいちばん幸せな日だった。でも、それははかない夢でしかなかった。ジェイクがその現実を突きつけた。

昼間、ジェイクの顔を見ることはない。ディナーは沈黙の儀式、あるいは戦場だ。ジェイクは話をしようとするが、シャーリーは冷たい態度で受け流すか、辛辣《しんらつ》な皮肉を投げつけるかだ。ジェイクは腹を立て、書斎にこもって仕事をし、シャーリーはベッドに入ってしまう。

ふたりはひとつのベッドで眠るけれど、使用人たちの間にあらぬ噂《うわさ》がたたないように、体裁を繕っているだけだった。一、二度、眠っているときに、ジェイクの腕が体にまわされるのを感じて目を覚ましたことがある。しかし、結婚式の翌朝以来、一度も愛を交わしていない。認めるのはつらいけれど、肌を触れ合わせたかった。

いつまでこの悲惨な状態が続くのだろう。ジェイクの言うとおり、結婚生活を受け入れるのがいいのかもしれない。おそらく、何千という夫婦が、子供のために愛のない生活を送っているのだろう。それほど悪いことだろうか?

シャーリーはため息をつき、紅茶を飲み干した。今より悪くはならないはずだし、わたしが歩み寄りさえすればいいのだ。これから生まれてくる子供のことを思うと、悩んでいてもいいことは何もない。もう一度ため息をつくと、カップをテーブルに置き、椅子の背に寄りかかった。朝の静けさが、気持ちを落ち着かせてくれる。少しずつ、体の力が抜けていく。しかし、こうしたくつろいだ気分も長く続かないのはわかっている。影がよぎり、シャーリーは顔を上げた。蔓《つる》棚の木の柱にジェイクが寄りかかっていた。

驚いた。ジェイクはいつも夜遅くにベッドに入り、シャーリーが目覚めるころには、すでに出勤している。今日はいつものジェイクではない。感情を抑えた冷静さが消え、口を固く引き結んでいる。心にたまった怒りが全身からあふれ、ふたりの間の空気を震わせている。

シャーリーは皮肉たっぷりに言った。「わざわざ静かで平和な朝をかき乱しに来たわけ?」

「心配いらない。ぐずぐずしているわけにはいかないんだよ。それにしても、きみはどうしてしまったんだ？　顔を合わせれば、刺々《とげとげ》しい言葉を投げつけてくる。たまには、明るい顔ができないのかい？　ユーモアすら通じなくなったのか?」

「ご心配なく。ユーモアは忘れていません」自分を守るには怒るしかなかった。しかし、声にはいつもの強さが欠けていた。「結婚式の夜に、夫に愛されていないとわかったのよ。それでもユーモアを振りまいていられたら、そっちのほうがずっと驚きよ」

「愛か。きみは、まじないのようにその言葉を乱発するね。でも、わずかな過ちも認めない、貧弱な感情みたいに聞こえる」

シャーリーは思わずひるんだ。「何はともあれ、愛を信じていますから」

ジェイクはかがみ込み、シャーリーの顎に指をかけて顔を上向かせた。「愛していると何度も何度も口にしたね。でもね、きみがぼくに感じていたものは、ただの欲望だよ」もう一方の手が伸びてきて胸のふくらみをなぞる。「今だってそうなんだ」

「違うわ」彼女の声はそこでとぎれた。口のなかがからからだ。日に焼けたジェイクの端整な顔が迫ってきて、温かい息を肌に感じた。顔をそらしたが、胸が高鳴り、彼の手の下で胸の頂が硬くなる。

青ざめていたシャーリーの顔は、赤くなった。ジェイクは笑った。「まだ赤面はするようだね」

「うるさいわね」シャーリーは我慢できなくなり、テーブルの上のカップを持つと、ジェイクに投げつけようとした。だが手首をつかまれた。

「やっと初めて会ったときのきみに戻った。この一週間は、むっつり黙り込んで陰気くさかったからね」引っ張り上げるようにしてシャーリーを立たせると、穏やかな声でつけ加えた。「ぼくたち三人、一緒に楽しい生活が送れるよ」シャーリーの腹部に目を向ける。

「お互いに仲良くやっていけばね」

ありえないわ、と言おうとしてシャーリーは口を開いたが、そのままつぐんだ。

ジェイクはシャーリーの体を引き寄せた。彼の黒い目のなかに、物欲しそうな自分の姿が映っている。やるせないほど優しく唇を重ねられると、体の力が抜けた。一週間、彼の唇を感じていなかったため、シャーリーはキスに熱烈に応じた。彼が離れていったとき、シャーリーは前かがみになったまま、息もできない有り様だった。

「乱れている」そう言ってジェイクは、シャーリーの髪を耳の後ろにかけた。「今夜は外で食事をしよう。今、個人秘書のソフィアが来ているんだ。街へ行って店を見てまわったり、美容院へ行ったり、どんなことでも喜んでつき合ってくれるよ」ジェイクはポケットに手を入れ、紙幣の束とシャーリー名義のクレジットカードを取り出した。「さあ、これを」

「あなたのお金なんか、いらないわ」

「わかっているよ。でも、一度差し出したものを引っ込めたら、ぼくは自分が許せなくなる。頼むから受け取って」

「ちょっと大げさすぎない？」シャーリーは思わず、くすくすと笑いながら手を差し出した。

「ほらね、別にかみつきはしないだろう？」片手で優しくシャーリーの頬をたたいた。

「ようやく、ほほえみを取り戻したね、シャーロット。ぼくらにはまだ希望が残っている」

シャーリーは受話器を戻して苦笑いを浮かべた。ジェフと話をすると、少し元気が出てくる。順調な結婚生活を送っていると嘘《うそ》をついたが、それはむしろ切実な願いだった。

風呂に入り、ディナーへ出かけるために着替えながら、シャーリーは心に決めた。結婚生活に可能性を見いだそう。今朝ジェイクにキスをされたのも、そう決心した一因だが、それよりも、わずかな過ちや誤解すらも許そうとしない、彼の愛に対する辛辣な意見が胸にこたえた。

ジェイクは遅刻した。七時までには支度を整えているように言われていたが、すでに十分過ぎている。シャーリーは少しいらいらして、上品な室内を見まわした。非の打ちどころがないが、冷たい。まるで、わたしたちの結婚のように心がない。でも、わたししだいでなんとか変えられる。

「収穫はあったかな」ジェイクはドアの脇《わき》に寄りかかった状態で声をかけた。シャーリーがわずかに顎を上げてこちらを向く。わざと乱したようにウェーブをかけた髪を頭の上でまとめるヘアスタイルは、とてもエレガントだ。愛らしい妻は、いろいろな表情を垣間見せる。ショートパンツにシャツ姿でアルドと遊んでいるときは、十代の少女のようだ。敷地内を探索するふたりをとらえた監視カメラの映像を、ジェイクは毎晩見ている。ベッドで丸くなって寝ているときの美しい顔は緊張が解け、無垢《むく》そのものだ。何時間でも見ていることができる……。

腰にうずきを感じて、ジェイクはドアから離れ、いきなり突き上げてきた欲望を抑え込んだ。今はだめだ。今夜は高級レストランを借りきっている。結婚式の数日前に、ソフィアに頼んで手配していた。友人たちにシャーリーを紹介する二度目の披露宴だ。そのときは、名案だと思った。シャーリーを驚かせるつもりでもあった。ところが今は、無事に終わるようにと祈るばかりだ。

「ぴったりとした派手な服が収穫というのなら、答えはイエスね」シャーリーは皮肉を込めて言った。ドレスは鮮やかな青で、目の色を引き立てる。襟ぐりは深く、短い袖《そで》はプリンセススタイルの胴着《ボディス》を肩につり下げるためにくっついているようなものだ。背中はウエストまで何もないに等しく、丈は膝上までで、流行の形だ。同行したソフィアに、腹部は出ないからと強く勧められた。それに、脚の長さを強調する七、八センチメートルのハイヒールのサンダルを選んだ。

「派手ではないよ、シャーロット」ジェイクは口元をほころばせ、目を輝かせながらシャーリーの姿を見ている。「やはりソフィアに任せてよかった。申し分ない、まさに洗練の極みだよ。あとは、行動も淑女らしくね。手始めに、ウィスキーのロックを二階に持ってきてくれないかな。着替えるから」

断ろうと思ったが、そのハンサムな顔を見て思い直した。黒い目を半ば閉じ、何かに耐えているように口元をこわばらせている。疲れているのは明らかだ。「ええ、いいわ」

シャーリーは氷の上に琥珀《こはく》色の液体を注《つ》ぎ、クリスタルのグラスを持ち上げて手のなかでまわした。心でふたつの相反する気持ちが争っている。ご主人様に命令されたのか、それとも、必死に働いて帰宅した夫が、心から気つけの一杯を求めているのか。結婚して以来、初めてジェイクに同情する気持ちがわき起こった。

寝室に入り、室内を見まわしてからグラスを置こうとしたときに、ジェイクがバスルームから出てきた。

息をのみそうになってぐっとこらえ、ただ見つめた。黒い髪を後ろへなでつけ、整った顔立ちが強調されている。筋肉質の体は惜しげもなくさらされ、引き締まった腰には白いタオルが巻きついているだけだ。

あわてて腰から目をそらしたが、こちらを見つめる黒い目を直視することはできなかった。シャーリーは歩み寄った。「はい、どうぞ」グラスを差し出して、軽く揺すった。

「いきなり現れたんで、びっくりしたよ」彼はかすれた声で笑い、グラスを受け取った。「ありがとう。飲みたかったんだ」

「そう言ってもらえると、うれしいわ」なんとか顔を上げ、部屋を去る前に目を合わせた。しかし、黒い目に引き寄せられ、身動きができなくなった。今朝、ふたりの間で何かが変わった。というより、ジェイクが変わった。部屋のなかの空気が性的な雰囲気を帯びる。シャーリーは大きく息を吸い込んだ。ガウンの下で胸がふくらむのを感じ、あわてて視線をそらした。

シャーリーの反応を見て、ジェイクは口元にかすかな笑みを浮かべた。冷たい態度を装おうとしているけれど、ぼくに関心があるのは間違いない。ジェイクは満足だった。男のつまらない優越感であることはわかっているが、シャーリーにとって自分が初めての男性であり、今後もそうであることにひそかに喜びを感じた。「喜ぶのは、今日の終わりまで取っておいて」

シャーリーは顔を赤くして、逃げ出した。後ろ手にドアを閉めてジェイクの笑い声を耳から締め出す。

居間に戻り、やけを起こしたように、キャビネットに何か飲み物を探す。お酒を飲みたいと思ったのは生まれて初めてだが、おなかの子供のことを思うと、我慢しなければならない。まったく、なんてことなの！　幸せな妻を演じるのは、予想以上に神経にこたえる。今朝、二度ほどキスをされ、そして今、戯れるように絡みつく笑みを向けられ、それだけで体が溶けてしまいそうになった。情け容赦のない人だということを忘れ、間抜けな顔をして、ただひたすら彼を崇《あが》めるだけの愚かな娘に逆戻りするところだった。それだけはごめんだ。お互いに尊敬し、信じ合えるような対等な関係こそ望ましい。

「急に出ていくから、これを渡しそこねたよ」ジェイクの低い声に思わず振り向いた。

黒っぽいディナースーツに身を包んだ、がっしりとした体を眺め渡す。白いシルクのシャツ、黒のボウタイ。ジェイクが近づいてくると、いきなり胸が高鳴ったが、シャーリーはぐっと腹部に力を入れて落ち着こうとした。

自尊心はどこへいったの？　自らに言い聞かせ、ふてぶてしく顎を上げた。ふたつの視線が出合う。しかしシャーリーは、ジェイクが喉を優しく愛撫《あいぶ》するに任せていた。

「すばらしいけれど、そのドレスには何か足りないよ」穏やかな声で言うと、シャーリーの喉のつけ根の敏感なところに指をはわせた。体に火がともる。「素肌も美しい。でも、輝くものも必要だね、シャーロット」彼は片方の手で、ポケットから宝石をつかみ出した。

「そんなもの……」シャーリーは体をこわばらせた。

「黙って。ぼくを喜ばせてくれないかな」手際よくサファイアとダイヤモンドのみごとな首飾りを首にかけた。

シャーリーは息をのみ、宝石に触ろうと手を伸ばした。ジェイクはその手首をつかんで、ブレスレットをはめた。「いらないわ……」

「いいや、必要だよ」そう言うと、左手の中指にダイヤモンドとサファイアの指輪を飾った。結婚指輪とよく合っている。「さあ、ずっとよくなった」シャーリーの肩に手を置き、満足そうに見つめた。「心からきみを愛していることを、今夜は誰も疑わないだろう」体を引き寄せ、シャーリーの鼻の頭に軽くキスをした。「そろそろ出かけよう。みんな待ちくたびれてしまう」

黒い目の呪縛《じゅばく》が解けた。シャーリーは、まず宝石類を外そうと思った。

「だめだよ」ジェイクはシャーリーの心を読んで止めた。

「こんなことでわたしを買えると思っているの？　お気の毒さま。売り物じゃないわ」

「そうくると思っていたよ」ジェイクはゆがんだ笑みを浮かべた。手を取り、指を絡み合わせる。手をつないで外へ出ると、リムジンが待っていた。

「みんなって、どういうこと?」後部座席に乗り込んでから、ふと尋ねた。ジェイクがシャーリーの隣に体を滑り込ませる。「ふたりでディナーをとるんじゃなかったの?」

「まあね」車はポルトフィーノへ向かって夕闇《ゆうやみ》のなかを突き進みはじめた。ジェイクは、イギリスに来ることができなかった友人や仕事関係の知り合いのために披露宴をやるのだと説明した。

ジェイクの友人たちの目にさらされるのだと思うと不安になり、シャーリーはレストランに着くまでひと言も発しなかった。だが、ジェイクの存在はひしひしと感じていた。今日一日、ずっと神経が張りつめている。しかも彼の腿が軽く触れてくるため、ますます気が休まらない。

車が停《と》まり、運転手がドアを開けた。シャーリーは外へ降り立ってため息をついた。ほっとしたのもつかの間、すぐにジェイクに腕を取られ、重厚な階段を上り、前世紀に建てられたような格調ある建物へ入った。入り口のホールには大理石が敷きつめられていた。なかへ通されたときは、八時近かった。部屋の片隅に設けられたステージに三人のミュージシャンがいて、ふたりが入っていくと同時に《ヒア・カムズ・ザ・ブライド》を演奏しはじめた。客から歓声があがり、シャーリーは目を丸くした。

顔を真っ赤にしながら、ジェイクが腕を取って支えてくれていることに感謝した。年輩のカップルが歩み寄ってくると、ジェイクはシャーリーを紹介した。彼らはジェイクの育ての親である、ラシーオ夫妻だった。ふたりはジェイクと抱擁を交わし、シャーリーにほほえみかけてきた。だが、夫妻の目の奥には深い悲しみの色が見て取れる。シャーリーはショックを受けた。娘の死がそうとうにこたえているのだ。末長くお幸せに、という言葉には心がこもっていた。父の娘としてシャーリーは罪の意識を感じた。

「心配しなくていいよ。ふたりとも、何も知らないから」気持ちを察したのか、ジェイクはシャーリーの腕を取り、ほかの人たちのところへ導きながらささやいた。

それから三十分、ジェイクの友人や仕事関係の人たちに次々と紹介され、シャーリーは顔も名前もわからなくなってしまった。

ジェイクはシャーリーの腰に手をまわした。「もうすぐディナーが始まるよ」背中を押されるまま、シャーリーは無言で晩餐《ばんさん》室へ入っていった。

女性たちはみな、流行のデザイナーズ・ブランドの衣装に身を包んでいた。ジェイクの言うとおり宝石類を身につけてきてよかったと思った。これほどまでにダイヤモンドを見せつけられては、宝石を身につけていなければ、裸同然に思ったことだろう。ジェイクはシャーリーを正面のテーブルへ導き、椅子を引いて座らせてから自分も席についた。

それから手際よく、同じテーブルについた面々をあらためてシャーリーに紹介した。

食事は最高だった。コース料理のなかほどまで、シャンパンを飲みながら、会話はよど

みなく流れた。ただし、同じテーブルのもうひと組のカップル、ディエゴとレンカという
ロシア人のモデルは例外だった。レンカはロシア語しか話すことができないのだ。

ジェイクはシャーリーにささやいた。「彼女はディエゴの好みのタイプなんだよ。あいつは、表情豊かで無口なモデルがお好みなんだ」

「あなたは違うんでしょう?」シャーリーは、メリッサのことを思いながら、きれいに弧を描いた眉を品よく持ち上げて茶化した。青い目を曇らせ、皿の上にひと切れ残ったケーキを口に運んだ。

「モデルの女性とは、何回かデートをしたことは認めるよ」ジェイクは椅子の背に体を預け、真剣な目でシャーリーを見つめた。「でも、ブロンドの美しいイギリス人女性のほうがずっと好きだよ。山登りが趣味で、人づき合いは多くはないけれど、無口ではないな」前かがみになると指を一本突き立てた。「そのかわいらしい口の話が出たついでに言うけれど、ケーキがついているよ」シャーリーの口の端をぬぐった指は、そのままそこにとどまった。

「さあ、おふたりさん、そういうのはあとにして踊ったらどうだい」ディエゴが笑いながら言った。

「行こうか?」バンドがワルツを奏ではじめると、ジェイクはさり気なく促して立ち上がった。シャーリーの手を取り、テーブルで囲まれたダンスフロアへ向かった。

ジェイクの友人たちの見ている前で、断るわけにもいかない。ジェイクは腕をシャーリーの体にまわし、背中の真ん中に手を置いて引き寄せた。「一緒に踊るの、初めてよ。うまく踊れるかしら」

「ぼくについてきて」ジェイクはほほえんだ。

11

ふたりは踊った。あらわになったシャーリーの背中をジェイクの手が優しく動き、しっかりと体を引き寄せる。ダンスフロアを一周すると、人々はふたりに喝采《かっさい》を送った。もうひと組のカップルがフロアに加わった。

「よかった、注目されるのは嫌いなの。神様に感謝しなくちゃ」シャーリーは顔を上げて言った。

「ぼくはきみのことで、神に感謝したいよ」ジェイクはシャーリーの顔に真剣なまなざしをすえた。

シャーリーは口をぽかんと開けた。ジェイクはお世辞を口にするような人ではない。彼のことは信じられないが、その声の響きには、抗《あらが》えない何かがあった。視線が絡み合い、ふたりの間で熱い気持ちがいきなりたぎった。

ああ、なんてすてきな感触なのかしら。愛されていないと知りながらも、ジェイクの力強さ、熱い情熱にシャーリーの官能が反応する。がっしりとした体に包み込まれ、指を彼のうなじにはわす。スローテンポの曲に合わせて頭をジェイクの肩に預け、抱き寄せられたまま喜びに浸った。

まるで世界に、ふたりしかいないかのようだった。まどろむような音楽に合わせて踊りながら、ふたりの熱い思いは、みごとにひとつに溶け合った。

「あとどれくらいいれば、失礼にならずに帰れると思う?」ジェイクはかすれた声で言う。熱い息がシャーリーの頬をなでた。

ぼんやりとジェイクを見上げ、目と目を合わせる。彼は弁解するように、皮肉まじりにつけ加えた。

「ま、ぼくの勝手な都合だけれどね」腰に当てられた手に力がこもり、彼が何を言おうとしているのか、シャーリーははっきりと理解した。

答えずに、誘うような笑みを浮かべた。

「よし、決まりだ。帰ろう」

「だめよ。みんな、しらけてしまうわ」小声で返したが、説き伏せる調子はなかった。ジェイクの目に熱い情熱が輝いた。

「心配いらないよ。ついておいで」そう言ってにっこりとほほえんだ。

ジェイクは義父母と二、三人の友人たちに何事かをささやいた。五分後、シャーリーはジェイクに肩を抱かれてリムジンの後部座席に座っていた。

「みんな、心配そうな顔をしてわたしを見ていたけれど、何を言ったの？」

「きみが気分が悪くて倒れそうだから、ベッドで休ませるってね」

「なんですって？」怒ってもいいところだが、口元がほころびはじめた。「嘘《うそ》つき」

「そうでもないさ。実は、ぼくがベッドに横になる必要があるんだよ」ゆっくりした口調に熱がこもり、長い指がシャーリーのうなじで円を描いている。彼はシャーリーを上向かせ、炎を宿した黒い目でじっと見下ろしてきた。「我慢できないんだ……きみといると」親指がうなじを愛撫《あいぶ》する。それからゆっくりと唇が重ねられた。ひどく、ゆっくりと。

突然ジェイクの嘘が本当になり、シャーリーは目を閉じた。気絶しそうだった。感情が一気に体に満ちあふれ、狂おしいほどの愛で窒息しそうだ。シャーリーは口を開き、喉の奥からあえぎ声をもらした。情熱をむさぼるような激しいキスだった。ジェイクは身を寄せ、きれいに整えたシャーリーの髪に指を差し入れ、かき乱した。彼女は上半身をたくましい体に預けた。抵抗する気持ちは微塵《みじん》もわいてこなかった。手が胴着《ボディス》の下にはい込んできて、硬くなった胸の頂を探り出して優しく触れた。熱いものに全身を貫かれてシャーリーは身を震わせた。彼が欲しい。たまらないほど……。

ジェイクは頭を上げた。胸から手を離すと、シャーリーの肩にまわしてきつく抱き締めた。「着いたよ、シャーロット」そう言われて初めて、車が停《と》まっていることに気づいた。

数分後、ふたりは裸のままベッドのなかにいた。どうやってそこまでたどり着いたのか、シャーリーは覚えていなかった。ジェイクのまなざしが全身に絡みつく。

解いたブロンドが枕《まくら》の上に広がり、ジェイクは恭しい手つきでそのなかに指をはわせ、顔を近づけてきて唇を重ねた。口を開け、激しく求め合った。

シャーリーは、わが家に帰ってきたような安堵《あんど》感を覚えた。ジェイクの肩に腕をまわし、シルクのように滑らかな彼の髪に触れる。胸を優しく愛撫され、喜びの声をもらした。巧みなジェイクの指の動きに、官能の炎が全身を焼き、体を弓なりにする。シャーリーは、固く引き締まった体をむさぼるようにまさぐった。ジェイクは熱、力そのものだ。完璧《かんぺき》な彼の体に包まれて喜びが満ちあふれ、優しい愛撫に震えた。ジェイクは腹部にキスをし、生まれてくる子供に愛の言葉をささやいた。それからふたたび、舌と手が体を滑って敏感な部分を探り当て、シャーリーを味わい尽くす。シャーリーはついに震えが止まらなくなり、すすり泣くような声をあげた。喜びのほかは、あらゆるものが脳裏を去った。

いきなりジェイクは体を起こした。ゆっくりと、少しずつ、彼はシャーリーを自分のものにした。シャーリーの官能はますます刺激され、すべての欲望を解き放ちたいと全身の神経が悲鳴をあげはじめた。

ジェイクのすべてを迎え入れると、体は大波に翻弄《ほんろう》されたようになった。シャーリーは彼の首に腕をまわし、頭を後ろへのけぞらした。ジェイクはリズミカルに動き、速度を速めながら、ふたたび胸の頂を口に含んだ。たまらずにシャーリーは彼の背中に爪を立てた。

喜びが極みに達したとき、体が痙攣《けいれん》し、シャーリーは大声をあげた。ジェイクも低くうなり、動きをさらに速めた。シャーリーのもっとも奥深くまで達したと思った瞬間、ジェイクの体が震え、欲望を解き放った。シャーリーの体を抱きかかえたまま横へ転がって仰向けになる。ジェイクに覆いかぶさったシャーリーは、彼の喉元に顔をうずめた。

背中にまわされた手が体をさする。「きみが欲しくてたまらなかったよ」ジェイクは手で肩の線をなぞりながら、眉にキスをした。それから、手を下へはわし、重さでも計るように胸を持ち上げ、腹部の丸みをたどった。

欲しくてたまらなかった。その言葉が音楽のように響いた。心がとても穏やかになった。今ふたりが結ばれた確固とした絆《きずな》に、彼を信じてもいいという気持ちになった。

しかし、いきなりジェイクの手が離れ、シャーリーは現実に引き戻された。ジェイクはこちらを見下ろし、目をつぶって表情を隠した。「でも、するべきではなかった」

「パーティーを抜け出したこと?」口元に笑みを浮かべながら、穏やかな声で言った。何気なく彼の顎をさする。「きっと、誰も気にしていないわ」指でかすかにざらつく顎先をなぞった。彼の目をのぞき込むと、じっとこちらを見返す目は、真剣な表情をたたえていた。

「気にしている者もいるかもしれないけど、ぼくが言いたいのはそういうことじゃないよ」シャーリーの腹部に手を置いて続けた。「おなかの赤ちゃんに、もしものことがあったら」

「その心配はないわ。すごく丈夫なのよ」

「どうしてわかるんだい？　妊娠したことがあったのかな？」優しくからかった。

「あなたと同じ。ないわよ」シャーリーも調子を合わせた。ジェイクの頬骨をなぞり、こめかみへと指をはわせ、脈をとらえて彼の命のリズムを感じた。

「一度、子供ができかかったときがあるんだ」

シャーリーは目を見開いた。ジェイクの黒い目の奥に憤りを読み取り、驚きのあまり手を離した。「でも……あなた……どうして？」口ごもった。ジェイクの体が緊張するのを感じた。

「若気のいたりでね。当時、遊び半分でつき合っていた子がいたんだ。五カ月ほどすると、妊娠したと告げられた。当然、結婚を申し込んだよ。結婚指輪が欲しいって言うから買ってやったし、結婚式の準備に必要だという金も渡した。ところが、会社設立に資金を注《つ》ぎ込んでいたぼくは、彼女が思っていたほど裕福でなかったんだね。結婚どころか、渡した金で堕胎してどこかへ行ってしまったよ」

「まあ、ひどい。ぞっとする」シャーリーは大きな声で言うと、慰めるように彼の胸を指でなでた。彼の苦しみが自分のことのように感じられた。

「本当にひどいのは、金を渡して自分の子供を殺した、このぼくだよ」

「いいえ、それは違う。あなたのせいじゃない」彼はそっとおなかに触れてきたが、口元はこわばったままだ。

「ぼくたちはみんな、自分の行為に責任を取らなければならないんだよ、シャーロット。彼女はぼくのフィアンセだった。深く愛していたわけではないけれど、成り行き上、婚約せざるをえなかった。信用なんかしなければよかったんだ。でも、そこから学んだんだよ。二度と女性を信じるまいって」

シャーリーはジェイクに痛ましさを感じた。彼の自尊心の強さは、女性からひどく裏切られるかもしれないという恐れの裏返しなのだ。どうして女性を信じようとしないのか、これでわかった。それほどひどい目にあったのだから、冷ややかな態度をとるのもうなずける。「でも、女性という女性が、そのフィアンセと同じはずはないでしょう。人を信用しないで生きていくなんて、あなただっていやなはずよ」穏やかな声でシャーリーは言った。

ジェイクは仰向けになった。「これまでは、うまく切り抜けてきたよ」シャーリーの体を腕に抱きかかえて、先を続けた。「今打ち明けたことは忘れてほしい。必要以上のことをしゃべらせる能力がきみにはあるんだね。でも、そんなのお互いのためにならないから」

シャーリーは肘をついて半身を起こした。ジェイクは打ち解けようとしない。シャーリーは怒りが込み上げてくるのを感じた。ふとあることに思い至った。ジェイクが結婚しようと言い出したのは、シャーリーが妊娠したという理由だけでなく、過去に子供を失っていることも大きく影響しているのだ。つい感情的になって、おなかを開けてみせればいいのかと暴言を吐いたとき、ジェイクは冷静さを失った。堕胎を望んでいるのだと思い込んでいたが、とんでもない間違いだった。

「だから結婚したのね。ひとり子供を失っているから、同じ過ちは繰り返すまいと思ったんでしょう」

「シャーロット」ぶっきらぼうな調子で言うと、黒い目には感情を隠そうとする、おなじみの表情が浮かんだ。「そんなことがどうして問題になるんだ？　ぼくたちは結婚した。ぼくは、きみや生まれてくる子供の生活を支え、守っていくつもりなんだよ」

「自分を守っていくようにね」ついきつい言葉を返してしまった。「本当の気持ちを氷の壁で覆って、近づこうとする人を寄せつけないようにしているのよ。そんなの、人としての生き方じゃないわ」

ジェイクはいきなり起き上がり、こちらに向けた目を細くした。落ち着き払ってバスローブをつまみ上げてはおった。「夜中に心理学の講義を聞かされるのはごめんだ。明日の朝は、出張で日本へ行くから、もう寝るよ。隣の部屋でね」そう言って背を向けると部屋から出ていった。

ジェイクに拒絶され、シャーリーの胸は引き裂かれた。寒気で体が震え、部屋を出ていく彼の後ろ姿が涙でにじむ。腕に抱かれていたときの幸福な気持ちは跡形もなく消え、ある確信が深まっていくばかりだ。ジェイクはわたしを、子供の母親としてしか見ようとしない。さらに、性的な欲望に駆られたときに気軽に発散できるベッドの相手なのだ。

シャーリーは頬を伝う涙をぬぐった。愛の意味も知らず、知ろうともしない男性に恋した愚かな自分に、悪態をついた。これから先、どれくらいジェイクに利用されるのだろう。利用されたあげく、ほうり捨てられるだけなのに。もっとましな生き方ができるはずだ。

事実を直視するべきだ。ジェイクが自分の感情を抑えつけ、いや、感情を抱かないようにしているのはなぜか。女性の誠実さを認めないのはどうしてか。その理由がわかっていても、ジェイクが自分のやり方に満足している以上、どうにもならない。彼はシャーリーの言葉に耳を傾けもせず、出ていってしまった。

気分が晴れず、昼食のあと、一緒に遊ぼうというアルドの誘いを断り、シャーリーは昼寝をすることにした。五日前にジェイクが日本へ旅立ってから、満足に寝ることも食べることもできなくなった。毎日電話がかかってきたが、会話は他人行儀ですぐにとぎれてしまう。昨日は、たまらずこちらから電話を切ってしまった。おとなしくてかわいらしい妻の役目を果たそうとは思わない。そろそろ限界だった。自分が何を望んでいるのかもわからなくなった。

深い霧のなかをさまよっている気分だ。はっきりとした道はなく、おなかにいる子供以外には、確実なものも人生の目的も失われている。シャーリーは行動派なタイプだったが、今では、何も手につかない。こういう人間にはなりたくなかった。ショートパンツもTシャツも脱ぐのが面倒で、そのままベッドに横たわり、目を閉じて眠りが訪れるのを待った。

目が覚めたとき、すでに太陽は西に低くかかっていた。シャーリーはベッドから出ると伸びをして、Tシャツの皺《しわ》を伸ばした。キャンバス地の白いローファーをつっかける。喉が渇いていたので、乱れた髪を手でとかしながらキッチンへ向かった。

グラスにジュースを注いで飲み干し、ぼんやりとあたりを見まわした。みんなどこへ行ったのだろう。中庭《パティオ》へ出ると、言い争うような声が聞こえた。それから、動物が鳴いているような物悲しい叫び。家の裏手を歩いていき、崖《がけ》へ目を向けて驚きのあまり口を開けた。アルドの洞窟《どうくつ》の入り口で、マルタが泣き崩れている。トンマーゾが慰めようとし、マルコは携帯電話に向かって話していた。詰め所から駆けつけた門衛が、崖のたもとで何かを探っている。

彼らに近づこうとしたときに、ふたたび叫び声が聞こえた。顔を上げたとたん、ショックのあまり心臓がひっくり返るかと思った。動物の声ではない。アルドだ。

洞窟から数メートル上に、狭くて深い溝が走っている。六、七メートルの長さで、徐々に広がりながら崖のほぼ頂上まで達していた。アルドは、崖の途中にある狭い岩棚まで登ろうとしたらしい。おそらく、岩棚に引っかかっている、あの色鮮やかな凧《たこ》を取ろうとしたのだ。残念ながら、彼の小さな手では、岩のわずかな出っ張りをつかんで体を持ち上げることはできない。にっちもさっちもいかなくなったのだろう。

トンマーゾはなんとかその亀裂《きれつ》を登っていこうとしているが、体が大きすぎた。すばやく状況を判断したシャーリーは、ためらわなかった。三人の男たちではあの狭い亀裂を登っていくことはできない。彼女は、いちばん英語がうまいマルコに、これからやることを大急ぎで説明した。救助隊がまもなく到着すると言ってマルコは反対したが、アルドの今の状況を見ると手遅れになるかもしれない。シャーリーはそのことを指摘して、安心させるためにつけ加えた。「わたしはプロのロッククライマーよ。暇なときにもフリークライミングをやっているの。任せて」

数秒後には、シャーリーは登りはじめていた。上を見上げ、大声でアルドを励ます。あそこまで登ることは難なくできるだろう……いや、絶対にたどり着かなければならない。問題は、安全に下りていけるかどうかだ。専門家としての目で周囲を確認し、岩棚に避難するのがいちばんだと判断した。あの上にアルドを押し上げ、救助隊が来るのを待つ。

アルドがどうやってあそこまで登ったのか、すぐにわかった。はじめの四、五メートルは簡単だ。手がかりも、足がかりもある。とはいえ、シャーリーはアルドよりも体が大きく、腿や膝、背中をすりむいた。ショートパンツにキャンバス地のスニーカーという自分の格好に悪態をつく。登っていくと亀裂の幅が広がる。指をかける場所を探りながら、全身が汗にまみれた。

動きを止めて、ひと息つき、おなかの子供のことを考えた。この激しい運動が、悪影響を与えませんように。次の手がかりを求めて片手を岩にはわせ、小さな亀裂を探り当てる。アルドの小さな指には充分な大きさだが、シャーリーは指の先だけで体を支えなければならない。力んだ手の甲は真っ白だ。わずかに体を持ち上げる。一瞬、視線を下に向けた。誰もがこちらを見上げ、恐ろしさに顔をこわばらせている。マルタを安心させるために、シャーリーは自信に満ちた笑みを口に浮かべた。遠くからかすかに、疾走する車の音とサイレンが聞こえてきた。

胸を大きく波打たせながら、アルドを見上げた。「じっとしているのよ、アルド」これ以上、恐怖心を植えつけないために、穏やかな声で語りかける。心臓が破裂しそうで、大きく息を吸い込んだ。シャーリーは全力を振り絞り、もう一歩踏み出した。脚と腕の痛みをこらえながら、アルドの隣に並んだ。

「シャーリー」アルドが恐怖に満ちた黒い目でこちらを見つめる。小さな顔には涙の跡が幾筋もついていた。

「動かないでね。もうだいじょうぶ。わたしがいるんだから」長年のトレーニングで身につけた技術をすべて駆使し、アルドの両側に爪先を引っかける足がかりを見つけ、小さな体を抱え込む態勢をとった。片腕を岩棚に伸ばし、長い指が確かな手がかりを探り当てる。

これからが難しいところだ。この場所にぶら下がったまま、救助隊を待つこともできるだろう。しかし、アルドがパニックを起こして手を離したら、はたして彼の体重を支えられるか。無理だろう。アルドがいきなり動けば、おそらくシャーリーも足場を失う。もうひとつの方法は、片手で岩棚にしがみつき、自分の体重を支えながら、アルドを上に持ち上げることだ。

「落ち着いてね。勇気を出して、言われたとおりにするのよ」穏やかな声で話しかけ、アルドが理解してくれるよう祈った。

ジェイクは悪態をつきながら、フェラーリを矢のように飛ばし、大きく開いたままのゲートを走り抜けた。まったく、こんなに開けっ放しにしていたら、セキュリティも何もあったものではない。屋敷の外に車をスピンさせて止めた。日本では会議が目白押しなのに、イタリアへ戻ってきて、ぼくは何をしようとしているんだ。だが昨日、シャーリーが無言で受話器を置いてからというもの、ジェイクは会わなければという闇雲《やみくも》な気持ちに駆られていた。シャーリーは短気で、怒りでおかしくなることもあるが、感情を表さなくなったことは今まで一度もなかった。絶対に何かがおかしい。ジェイクはすぐにジェット機の手配をし、イタリアへ戻ってきた。そして今、屋敷への階段を上りながら、不安が的中したと確信した。

両開きの大きなドアを開け、シャーリーの名前を呼びながら走った。まさか、そんな。お願いだ、シャーロット。出ていったのか？　誘拐？　それとも……わからなかった。とにかく、戻ってきてほしいという気持ちしかなかった。

胸が張り裂ける。ぼくは、なんてばかだったんだ。ジェイク・ダマートは世界規模の企業のトップに君臨し、ビジネスに対する読みの深さで名を馳《は》せ、状況を適確に判断していく鋭い頭脳の持ち主だ。それなのに、わずか二週間前に妻となった女性を守ることができなかった。

キッチンへ行く。パティオへ出るドアが開いたままだ。裏庭へ出る。マルコと守衛が崖を見上げているのが見えた。激した感情に視野が曇った。ふたりのほうに大股で歩み寄っていった。

「いったいどういうつもりだ」マルコに向かって怒鳴った。ふたりは静かにという身振りとともに上を指さした。血の気が引いた。

ゆっくりと顔を仰向け、その光景を見たとき、全身の血が凍りついた。シャーロットが、ぼくのシャーロットが崖のなかほどでぶら下がっている。ジェイクは崖の下へ走っていき、岩に手を伸ばしたが、後ろから引き戻され、無理だと言われた。体が大きすぎるし、今からでは遅い。もうあと一歩だから、黙って見ているしかない、と。

ジェイクは目を大きく見開いてマルコたちを見つめ、それからシャーリーに視線を戻した。そんな無謀なまねをして、ただではすまないと口元まで出かかったが、言葉をのみ込んだ。とても危険な状況だ。ジェイクは内臓にナイフを突き立てられたような痛みを感じた。

「だめだよ。ああ、神様」ジェイクはうめいた。華奢《きゃしゃ》な体が少年へ近づいていき、ジェイクの心臓は喉元までせり上がった。アルドを体で包み込むような態勢をとり、指で岩棚をつかむ。シャーリーが一瞬ためらっているのがわかった。それから足先でしっかりとした足がかりを探り出す。そのとき、ジェイクはシャーリーが何をしようとしているか悟った。大声をあげたかった。ばかなまねはするなと言ってやりたかった。

サイレンの音はジェイクの耳には入らない。シャーリー以外のものは何も見えず、どのような音も聞こえなかった。大人になって以来、初めて無力感に打ちのめされた。目の前で起こっていることに、権力も富もなんの役にも立ちはしない。シャーリーの細身の体が緊張し、手がかりをつかんでいた片方の手を離すと少年の腰にまわした。ジェイクは息をつめ、顔面蒼白《そうはく》となって見守る。シャーリーが感じているであろう緊張と苦しみを、全身で感じることができた。超人のような力で、シャーリーはふたりの体を岩棚へと持ち上げていく。

しかし、それで終わったわけではない。いきなりジェイクは、警察の車と消防車、それに男たちに取り囲まれていることに気づいた。岩棚から目を離さずに、目に入る誰彼に向かって、来るのが遅いと言ってかみついた。

消防士を乗せたクレーンが上へ伸び、少しずつふたりへ近づいていく。

シャーリーは固い岩の上に横たわり、空気を求めてあえいだ。アルドの体をしっかりと抱き締めている。小さな体はもがくように動き、泣いているのを感じた。「だめよ。動かないで」かすれた声で言い、アルドの体を肩の下へ慎重に押し入れる。目を閉じ、神様に感謝の言葉を捧《ささ》げた。

目を開けたとき、安堵のため息が口からもれた。消防士の乗った金属製のかごが、岩棚の下からゆっくりと姿を現した。アルドが動き、シャーリーは腕に力を込めた。

熟練した救助隊員の顔でシャーリーは消防士に向かって言った。「アルドを先に」アルドの体を消防士の腕に預ける。アルドは彼の脚にしがみついた。続いて、シャーリーもクレーンに乗り込んだ。

数秒後にクレーンは地面に下り、かごがしっかりと消防車に固定された。周囲から歓声がわき起こる。「すばらしい《ブラーバ》、シャーリー」固い地面に降り立ったとき、シャーリーもまただうれしいだけで、何も考えられなかった。

真っ先に目に入ったのは、ジェイクの姿だった。いつものようにスーツをスマートに着こなしているが、ネクタイはゆるめていた。幻を見ているのではないかと思った。「ジェイク！　こんなところで何をしているの？」シャーリーは笑みを浮かべたが、それは心待ちにしていた夫に会えたことよりも、救出に成功した安堵感からであった。

ジェイクの体に怒りが駆け巡る。ショートパンツにTシャツ姿、髪の毛は肩に落ちかかり、腕はすり傷だらけ、膝には血がにじんでいる。それなのに笑っている。公園でも散歩していたみたいにほほえみ、落ち着いた声で、こんなところで何をしているのと尋ねている。こっちは死ぬほど恐ろしかったというのに……。「黙れ、シャーロット。口をつぐんでいろ」うなるように言うと、胸にしっかりと抱き寄せた。体が激しく震えた。

びっくりしてシャーリーはジェイクを見上げた。危機に直面したときは、冷静になるように訓練されているが、ジェイクは違う。日本に出発する前の夜のように、その目は冷たく、怒りに満ちていた。何も変わっていない。死に物狂いでしがみつくように、きつく体を抱き締められ、シャーリーは声をあげると、ジェイクを押し戻した。「お願い、痛いわ。背中をすりむいたみたい」

「すりむいただって？」腕の力が少し弱まった。じっと見下ろす黒い目には、荒々しい感情がみなぎっている。「冗談じゃない。首の骨を折らなかっただけ、運がいい。頭がおかしくなったのか？」ジェイクは今までにないほど激しい怒りをたたきつけてくる。「いったいどういうことだ？　きみは妊娠しているんだぞ。自殺願望にでも取り憑《つ》かれたのか？」

シャーリーは言い返した。「ふつうの人間として当然の感情よ。あなたにはわからない気持ちね」あからさまには言わないが、ジェイクが心配していたのはおなかの子供のことだけだ。

殴られでもしたようにジェイクはよろめいた。怒りがすっと引いていく。美しくいとおしいシャーリーが、青い目に軽蔑《けいべつ》の色を浮かべてこちらを見ている。返す言葉もなかった。シャーリーの気持ちをなだめ、愛してあげなければいけないときに、まるでおかしくなったようにわめいていただけだ。傲慢《ごうまん》で自負心の強い自分が、目を背けていたものが何か、ようやく悟った。ぼくはシャーロットを愛している。素直な気持ちを言葉にしようと口を開いたが、喜びに浮き立つ周囲の人々がわっと押し寄せて機を逸した。

マルタはアルドを胸に抱きかかえ、涙を流しながらも叱《しか》っていた。それから、シャーリーに向き直ると、その手を握ってキスをし、感謝の言葉を際限もなく繰り返すのだった。

シャーリーは適当な言葉を小声で返すだけで、この大騒ぎに当惑していた。警官や消防士にまわりを取り囲まれ、褒め讃《たた》える声が飛び交った。ジェイクはシャーリーの腰に軽く手を添えながら背後にぬっと立っている。

集まった人たち、熱気、騒々しさにシャーリーの頭のなかはぐるぐるとまわりはじめた。顔のすぐ前でカメラのフラッシュがたかれた。ジェイクが背後から飛んでいき、カメラマンにつかみかかり、カメラをもぎ取った。

シャーリーは脚が萎《な》え、生まれて初めて卒倒した。

12

ゆっくりと目を開けると、シャーリーは寝室のベッドに横たわっていた。ジェイクが上からのぞき込んでいる。端整な顔は、やつれて青白かった。

「よかった、気がついたね。気分はどう？　どこか痛いかい？」早口で尋ね、シャーリーの手を握った。

起き上がろうとすると、ジェイクに優しく押し戻された。「もう平気よ」驚いたことに、本当に気分がよくなっていた。

ここ数日、頭のなかに霧がかかったようにぼんやりしていたけれど、今はすっきりとしている。正しいと思うことをやり、自分の力と技術のすべてを出しきったことで、逆に元気になったのだろう。自信を取り戻した。ジェイクも、彼の心配も必要なかった。シャーリーは彼の顔を見上げた。

「アルドは？　だいじょうぶなの？」

「元気だよ。かすり傷ひとつ負っていない。心配なのはきみだよ」

「わたしはなんともないわ。でも、あなた、どうしてここにいるの？」

「こっちも同じことをききたいよ。意識を失ってベッドに寝ているのは、どうしてだと思う？　救助隊が来るのも待たずに、崖《がけ》をよじ登り、あのいたずらっ子を助けようとしたからだよ。ああ、きみがあの子の隣に並んだときは……。一生忘れない。気がおかしくなりそうだった。もう落ちると思ったよ」

「そう望んでいたんでしょう」冗談で言い、握られていた手を引き抜いた。ジェイクの心配など取るに足りないものだし、今さらもう遅いと思った。

「これはゲームでも、冗談にすることでもない。きみはぼくの妻《ワイフ》で、子供を宿しているんだよ。その両方が死んでしまうところだったんだ」

　シャーリーはおなかの子供を傷つけないように、細心の注意を払った。アルドの命が危険にさらされ、助けられるとわかっているのに手をこまねいて見ていることなど、絶対にできない。ジェイクが、いかにわたしのことを知らないかよくわかる。そう言ってやろうと思った矢先、マルタがドクター・ブルーノと看護師とともに部屋に入ってきた。会話がさえぎられ、シャーリーはむしろ喜んだ。ジェイクの顔を見るのも、言い合いをするのもいやだった。

　陰気な顔をして立っているジェイクを極力無視して、ドクターの診察を受けた。子供は無事だった。看護師が切り傷や、すり傷の手当てをしてくれる。

ジェイクはひと言も発しないで見ていた。シャーリーを失ったかもしれないという思いに胸が張り裂けそうになり、何も考えられず、言葉が出てこなかったのだ。もっと彼女を大切にすべきだと思った。ジェイクは妻に目を向けた。美しい顔、生き生きと輝く青い瞳を見ているうちに、ジェイクは恥ずかしくなってきた。シャーロットが無事崖から下りてきたというのに、ぼくがやったことといえば、怒鳴り、怖い顔をしただけだ。彼女を失うという思いに身の毛がよだち、つい乱暴な態度に出てしまったけれど、シャーロットにこちらの気持ちが伝わったわけがない。今もまだ……。

マルタがベッドのそばに来て、手早くまわりを整理しはじめた。少し離れているように言われ、ジェイクはおとなしく従った。もう傲慢《ごうまん》な態度に出るのはやめよう。また、シャーロットが口をきいてくれればうれしい。前のように、愛しているという言葉が聞けたら……でも、そんなのは夢物語だ。

風呂に入り、着替えてから、シャーリーはふたたびベッドに入り、枕《まくら》に頭を預けた。今日は、ものすごいショックを受けたけれど、おかげで頭のなかがすっきりとし、結婚生活に決着をつける決心がついた。ジェイクが望もうが望むまいが、イギリスに帰ろう。次にジェイクと顔を合わせたときに、話すつもりだ。でも、今晩ではない。とても疲れている。まぶたが重くなる。眠りに落ちていこうとするときに、ドアが閉まる音が聞こえた。

ジェイクだった。猫のように音をたてずに入ってきた。黒い髪はぼさぼさに乱れていた。上着を脱いでネクタイも外し、シャツは腰のあたりまではだけていた。整った顔はやつれてこわばっている。ベッドまで歩いてくると、腰を下ろした。

「何か用かしら？　眠るところなんだけれど」暗く沈んだ目が、ゆっくりとシャーリーの体をはい、腕に巻かれた包帯の上で止まった。口をきつく閉じている。暖かい夏の夜、シャーリーはネグリジェ一枚の格好だった。腹部のあたりを覆う上掛けを引き上げた。沈黙が長引き、なんだか落ち着かない気持ちになった。「日本にいるはずじゃなかったの？」

顎をつんと上げ、威圧されないように気を引き締める。

「そうだよ。ところが、いきなり電話を切られて、それで、その、信じられないかもしれないけれど、とても心配になったんだ」ジェイクは手を握ってきた。シャーリーは振り払おうとしたが、彼は手に力を込めた。「頼む。最後まで聞いてほしい」目に決然とした表情が浮かんでいるが、どこか自信がなさそうだ。こんなジェイクを見るのは初めてだ。

「帰りの飛行機のなかでずいぶんと考えたんだよ。それで、わかったんだ。ずっと寂しい思いをさせ、おまけにぼくはきみに対して正直ではなかった。自分自身を偽っていたからなんだ」

シャーリーはジェイクの次の言葉をはっきりと予測できた。それを口にする間を与えずに、感情を欠いた声で言った。「説明はいらないわ。わたしたちの結婚が間違っていたことは、ふたりともよくわかっているもの。あなたが欲しいのは、わたしではなく、子供よ。否定しないで」

「決して――」ジェイクはそう言いかけたが、シャーリーは手を上げて制した。

「最後まで言わせてちょうだい。子供のために結婚生活を続けることもできるかもしれないと、ちょっと思ったわ。でも、やっぱり無理。イギリスに帰るわ」

「シャーロット、ぼくは――」

シャーリーはふたたび言葉をさえぎった。「でも、心配いらないわよ、ジェイク。あなたから子供を奪い取ろうとは思っていないから。わたしたちは大人よ。友好的な取り決めができると思う」

「友好的な取り決めだって？」黒い目にぽっと火がともり、自信のなさが消えた。「そんなものは必要ないんだ！」ジェイクは声を荒らげた。ふたたび、傲慢さが顔をのぞかせ、自己主張が始まった。「ぼくが必要なのは、きみだ。まったく、冗談じゃないよ！　きみのことを愛していると言おうとしているんだ！」

「あら、そうなの？」シャーリーは軽くあしらった。一瞬たりとも、彼を信じなかった。

ジェイクはシャーリーの目をひたと見すえた。黒い目の奥の感情を推し量ることはできなかった。顎が緊張し、自分を抑えているのがわかる。「愛しているよ、シャーロット。きみと会ったときから、ずっとこの気持ちを抱いていた。でも、愛など信じてはいけないと自分に言い聞かせていたんだ」

「ところが、今は違うと言うの？　わたしがイギリスに帰ると言ったとたんに気持ちが変わるなんて、ずいぶんと都合がいいのね」冷たく突き放そうとしたが、声がかすかに震えた。今のジェイクはとても正直だ。

「いいや、違う。愛はご都合主義とは関係がないよ、シャーロット。この数週間、きみと一緒にいて、そのことがよくわかった。愛は痛みであり、飢えであり、何よりも、すべてをのみ込んでしまうほどの欲求なんだ。きみはぼくの知っているほかの女性とは違うと納得しようとした。でも、心ではそう思うのに、それを拒もうとする自分もいたんだよ」

ジェイクはかがみ込み、シャーリーの顔にかかった髪の毛を優しく払った。

「昨日、電話で話したとき、きみはいつもと違っていた。電話を切られたとき……生まれて初めて、ぼくは怖くなった。飛行機の手配をして、すぐに戻ったけれど、そのときでさえ、きみを愛していると認めようとしなかった。きみの言う愛がどんなものなのか、理解していなかったからだよ」握り締める手に力が加わり、シャーリーは叫びそうになった。

「帰ってきてみると、門が開きっ放しで、家のなかには誰もいない。恐ろしい考えにぼくは縮み上がったよ。出ていったのか、誘拐されたのか、いや、殺されてしまったのか。もう最悪だったね。ところが、すぐにそうではないことがわかった。見上げると、きみが崖を登っているじゃないか」

ジェイクの顔は蒼白《そうはく》だったが、自制心を働かせているのがわかった。心から心配している。でも、どうしてだろう? わたしが妊娠しているから? 「誘拐じゃないとわかって、ほっとしたでしょう」ジェイクの気持ちを振り払うように、シャーリーは肩をすくめた。「身の代金を払わずにすんだもの」意地悪くつけ足した。

ジェイクはじっとシャーリーを見つめたままだ。目の奥に荒々しい表情が動いている。冷静な表情に戻るまで、ずいぶんと長い間があった。「そこまでぼくのことを悪く思っているのか?」ざらついた声だった。顔がいっそう険しくなる。「それなら、好きなときに出ていくといい。もう何も言うことはないよ」そう言って背を向けた。

シャーリーは突然、怒りに駆られた。彼はまた同じことをしようとしている。しかも、きみを愛していると言ったあとに。

シャーリーは叫んだ。「ええ、そう。あなたがわたしのことを悪く思っているからよ。覚えてる? 自分勝手で、欲の深いあばずれ女が、お金のために父親の絵を売ったと言ったのよ。これでおあいこ、違う?」

ジェイクはこちらに向き直った。深い溝のような目に怒りが満ちる。「そんなことは言っていない」

「でも、そう思っていたでしょう?」負けずに返すと、ジェイクは否定しようとはしなかった。「絵を売ったお金は、すべて地震の被災地を救うために寄付したのよ。唯一会ったことのあるジェスというモデルには、了承も取ったわ。それに、自分勝手な思いから、あなたの妹さんと会うのを拒んだと言ったけれど、それは父がそうさせたの。父は恋人とわたしを会わせないようにしていた。父から聞いたアンナの話は、恋愛が絡んだものではなく、たわいのないものだったわ。あなたは父に似ているわ。妹さんに対して過保護だし。自分の子供にも同じように接するでしょうね。それはよくないわ。だから、喜んで出ていくの。あなたは仕事依存症で、お金のことしか目にない誇大妄想狂よ。あなたなんか嫌い」

シャーリーは、今日一日の出来事に疲れ果て、枕に頭を戻した。感情を激し、体に悪影響を与えたと後悔した。おなかに手を当てながら、こぼれる涙をまばたきして押し返す。

ジェイクはショックを受けて、しばらくシャーリーを眺めていた。目から鱗《うろこ》が落ちるような思いだった。欲深く、自分勝手な女性かもしれないと考えたのは確かで、そんなことはどうでもいいと無視を決め込んだ。初めのうちは、シャーリーとベッドをともにすることだけで満足していた。シャーリーは正しい。まったくぼくは彼女の言うとおりの人間だ。いや、もっとひどい。臆病《おくびょう》者でもある。自殺にも等しいシャーリーの行為を目の当たりにするまで、本当の気持ちを打ち明ける勇気もなかった。愛を語る資格などない。ジェイクは、打ちのめされた。そのとき、シャーリーがかばうようにおなかに手を当て、涙を隠そうとまばたきをしているのが目に入った。体が引き裂かれそうだ。なんとか持ちこたえた。最善と思われることをひとつだけしよう。ベッドに歩み寄って腰を下ろした。

「まだいたの？」シャーリーは皮肉たっぷりに言おうとしたが、声が震えた。

「どこへも行かないよ」そう言って両腕にシャーリーを抱きかかえた。

「そう？　ならわたしが出ていくわ」体を引き離そうとしたものの、抱き締められていると急に疲れが出て、喧嘩《けんか》をする気力がうせてしまった。

「いや、きみもここにいるんだ」ジェイクはささやき、優しく唇を重ねてきた。「ぼくは、きみの言うとおりの人間だよ。でも、きみを愛しているんだ」片手で顎をつかまれてシャーリーは動けなかった。「こういうことは下手なんだ。これまで、女性を愛したことがなかったからね」唇が触れるか触れないかのようにまぶたの上を動いていく。「でも、きみが泣いているのを見るのは、耐えられない。きみが傷ついているなんて、たまらない。危険な目にあっているのを見ると気がどうかしそうになる。愛している。きみを行かせることなんかできない」

シャーリーはただ見つめているしかなかった。ジェイクの言葉には嘘《うそ》はないだろう。黒い目の奥の表情、ハスキーな声に含まれた断固とした調子、彼女の頬を流れる涙をぬぐい、乱れた髪を丁寧に耳の後ろへかける手つきから、はっきりとそれがわかった。

希望と喜びが胸の奥に芽生えた。熱いものが全身を駆け巡り、恐怖を押し流す。驚きに打たれて、青い目を見開き、視線を絡める。

ジェイクは優しくささやいた。「きみのすべてが好きだ。悩み苦しみ、挫折《ざせつ》感に打ちひしがれたよ。こんな思いを味わわせてくれた女性は、きみしかいない」いたずらっぽい笑みを浮かべた。「これほど傷つけてくれたのはね」

「傷つけたですって？　まさか、そんな」しかし、沈んだまなざしから、彼の傷ついた心が察せられた。

「いいや、本当さ」シャーリーを横にし、固い体を押しつけてくると、情熱を唇に込めてキスをしてきた。シャーリーは重ねられた唇に吐息をつき、自らも求めた。ジェイクが頭を持ち上げる。「きみが欲しくてたまらなかった。でも、結婚式の夜に……」目の表情が暗くなり、言葉をたぐり寄せるように先を続けた。「デイブからきみの経歴を初めて聞き、知らなかったことを恥じたよ。ちょっと離れたところからきみを見て、こんなに美しくて勇敢な妻を持てて、ぼくは世界一幸せな男だと思った。結婚式の夜、ぼくはきみを求めた。心の底から欲しいと思ったよ。アンナと絵のことを持ち出されたときは、信じられなかった。ディエゴがその場にいたら、のしていただろうね。おかしなことを吹き込んだと言って。復讐《ふくしゅう》してやろうという気持ちは、とうにうせていたんだ。ちょっとした出来心、もともと愚かな考えだったんだ」

シャーリーは口を開き、弱々しく笑った。「ディエゴの話を聞いて、ちょっと驚いたわ」

手を伸ばして、ジェイクの柔らかい髪の毛に指をはわせた。目の前の顔に浮かんだ表情が、わずかに曖昧《あいまい》になった。「でも、寝室であなたが言ったことのほうが、もっと驚いた。あなたの目に疑いの心を読み取り、わたしを信用する気持ちのかけらもないと知ったとき、どれほど傷ついたかわからないでしょう。わたしは猛烈な怒りに駆られ、爆発させた。子供のために結婚したとあなたは言ったわよね」そう指摘したものの、心に兆した希望はますますふくれ上がっていく。

「あれは口から出任せに言ったんだよ。子供ができたから結婚したわけではないんだ。義務から一緒になったんじゃない。きみが、きみだけが必要だから結婚したんだ」ジェイクは穏やかな声で言い、シャーリーの頬を優しく指でなで、唇の輪郭をなぞった。「おなかの赤ちゃんは、天から授かった予想外の贈り物さ。ぼくは自分の罪と面と向かうことができず、その怒りをきみに向けて吐き出していたんだ。ただ、アンナのことで、悪く思っていたのは確かだよ。さっき、ぼくはきみのお父さんみたいだって言ったけれど、それは違うな。過保護な親になるという点もね。堕胎されてしまった子供を、ぼくは救えなかったし、兄としてアンナを守ることもできなかった。注意が足りなかったんだよ。時々昼を一緒に食べた、それだけさ。きみやきみのお父さんを悪く言う資格はぼくにはない。アンナは大人だったし、間違いを犯したのも自分の責任だ。それでも、その経験からぼくは何も学ばず、きみを守れなかった」

高慢で何事にも屈しないジェイクが、これほど傷つき、つらさに耐えているのを見て、シャーリーは驚いた。

「もう一度チャンスをくれるのなら、一生きみと子供を守っていくと誓うよ、シャーロット。愛なんかあるものかと思っていたけれど、きみこそまさに愛そのものだ。どうしようもなく、きみが欲しい」ジェイクはうめくように言った。

上掛けが滑り落ち、ネグリジェでかろうじて覆われた胸のふくらみにジェイクは目を向け、唇を重ねてきた。あまりに甘いキスに、シャーリーの骨は溶けてしまった。

「頭が麻痺《まひ》してしまうほど、きみは美しい。ぼくの言葉は、支離滅裂だね。でも、これだけは言いたい。お願いだから、ここにいてくれ。ぼくを愛していると言ってくれたよね。もう一度、その言葉をささやいてほしい」うめき声とともに、ふたたび唇が重ねられる。

突き上げる感情にシャーリーの体が震えた。

「ジェイク……」つぶやくように名前を呼び、彼の広い胸板に手を伸ばした。サテンのように滑らかな肌が熱い。しかし、シャーリーは彼の体を押し戻した。これまでにないほど強く。「お願い。ひとつ知りたいことがあるの。あなたが本当にわたしが欲しいのなら、ぜひ知らなければならないのよ。初めて愛を交わしたとき……」ジェイクの体がこわばり、辛辣《しんらつ》な言葉を投げつけられるのを警戒するように、黒い目が一点を凝視した。シャーリーは大急ぎで先を続けた。「あなたはわたしに背を向け、怒って出ていったわよね。どうして？　わたし、何かしてしまった？　それとも何もしなかったから？」あとでまた、ひとり寂しい思いをしないためにも、ぜひ聞いておく必要があった。

「ああ、そのことか」彼はひと呼吸おいて熱烈なキスをした。シャーリーは息ができなくなった。「あれはきみのせいではないよ。ぼくが悪かったんだ。経験したことのない怒りを感じたからなんだ。きみを見ているだけで、腹立たしさが込み上げてきたんだよ。どうしてかというと、愛し合ったばかりなのに、ますますきみが欲しくなってしまったからなんだ。キスしただけで、理性が吹き飛んで、ただ情熱に翻弄《ほんろう》された。本当のことを言うと、あのときはまだ、アンナの絵を見つけたショックから立ち直っていなかったんだ。絵のことを知ったのは、きみに会うわずか数時間前だったからね。ぼくは罪の意識を感じていたんだよ。自分がわからなかった。きみに動揺しているのを悟られたくなくて、歩み去るしかなかったんだ。まさに不意打ちだったから」

「それほどわたしのことを求めていたの？」シャーリーはぞくぞくするものを感じていた。

「ああ、そうだよ。今もそうだし、これからだってずっとね」ジェイクはハスキーな声で答えた。

それでもシャーリーは完全に納得したわけではなかった。「それなら結婚式のあと、最後にベッドをともにしてからというもの、わたしに一度も触れなかったのはどうして？ほとんど顔を合わせなかったでしょう。深夜遅くまで、ベッドに入ってこなかった。入ってくれれば、わたしのことを完璧《かんぺき》に無視したわ」ジェイクの冷たさが、いまだに心に引っかかっている。シャーリーは不平をぶつけた。「パーティーのあとに愛し合ったときも、あなたはまた怒って出ていった」

「寂しかったのかい?」ジェイクは、ユーモアと情熱が入りまじった笑みを浮かべている。

「ぼくとベッドをともにしたかったんだね」

「ええ……そうよ」笑われると思った。

ジェイクはもう一度キスをした。先を丸めた舌が、シャーリーの口のなかをはう。ジェイクが顔を上げ、ほほえみかけてきたとき、シャーリーは喉の奥に彼の息吹を感じていた。こちらを見つめる黒い目は、愛情に満ちあふれている。

「あれはドクター・ブルーノのせいだよ。検診に行ったときに、最初の数カ月はいちばん大事なときだから、愛の営みは控えるように言われたんだ。ところが、一週間きみに触れていなかったものだから、我慢できなくて。それで、そんな自分にまた腹を立てていたんだよ。きみのことを怒っていたわけじゃないさ。意志が弱くて情けなくなったんだ。堕胎の話をしたとき、きみの目に深い思いやりを読み取った。あのとき優しい声を聞いて、きみのことを信頼しなければと思った。するとまた、ふたりだけの世界に、われを忘れたくなったんだ。きみに背を向けなければならなかった。欲望に駆られて子供の命を危険にさらすなんて、できないだろう」

「ねえ、ジェイク、それはずいぶん古い考えよ。わたしだって、そのくらいの知識はあるわ」

「言ってくれればよかったな。そうすれば、眠れずに悶々《もんもん》として、冷たいシャワーばかり浴びずにすんだのに」ジェイクはシャーリーを抱き寄せた。頬に彼の息がかかる。「毎晩、書斎で防犯カメラに映ったきみとアルドの姿を見ていたんだよ。それから、寝室へ行って寝ているきみの姿を、何時間も見ていた。そのとき、きみを愛しているとよくわかったんだけれど、まだ、その気持ちを認めまいとして闘っていた。今日、アルドとクレーンから降りてきたとき、ぼくは怒鳴ってしまったけれど、その瞬間、愛していることを認めなければならないとはっきりと悟った。もう少しで、きみを失うところだった。きみがいなければ、生きていく価値はないよ。ところが、人が集まってきたものだから、打ち明ける機会を逸してしまったんだ」

ジェイクの告白は、音楽のようにシャーリーの耳をくすぐった。彼を見上げると、愛の塊のように見えた。これほど傷ついたジェイクは誰も見たことがないだろうし、これからも二度と見ることはないに違いない。ふたりの心が寄り添った。シャーリーは感動に身を震わせた。ジェイクを抱き締めてささやく。「今がそのときよ。あなたを信じるわ。だって、愛しているんですもの。会ったときからずっと」

「ようやくたどり着いたね」ジェイクはほっと息を吐いた。黒い瞳が勝利を喜ぶように輝き、神々しいほどだった。顔が近づいてくる。「きみはぼくのものだよ。今から、もう永久に」それから深く激しいキスをした。

シャーリーは体じゅうが熱くなった。ジェイクは唇を、唇から胸へとはわせ、そこで顔を上げて問いかけるようなまなざしを投げた。シャーリーは笑いかけ、彼の首に腕をまわし、体を弓なりにそらせる。うめき声とともに、ジェイクは自制心をかなぐり捨て、どれほどシャーリーを大切に思っているか、行為で示した。

情熱を解き放ったあと、ジェイクはシャーリーの体を抱き締め、美しい顔に目を注いだ。熱を含んだ青い目、輝く肌は愛の行為の余韻に黄金色に光っている。「本当にだいじょうぶなんだね、シャーロット?」

シャーリーはからかい半分に答えた。「才能に満ちあふれて頭もいい人なのに、ちょっと心配しすぎよ。岩を二、三個登っただけで、怖《お》じ気《け》づいちゃうし。おまけに、ドクター・ブルーノを信じてしまうなんて! あの人こそ、過去の遺物ね」

「ああ、シャーロット、きみは本当におもしろいね」ジェイクは大きな口を開けて笑った。

「いつもそうとは限らないわよ」まじめな声で答えた。もう少しでここを出ていき、ジェイクを失うところだった……。

「許してくれ、シャーロット。ぼくときたらまったく傲慢で、ずいぶんとひどいことを言ってしまった。誓うよ。これからは一生かけて、それを償っていく。きみを愛し続けるよ」

エピローグ

九カ月後、別荘の角からシャーリーは顔をのぞかせ、ビーチを眺めた。カリブ海に浮かぶこの島には、ゆうべ到着した。ここはジェイクの友人が所有し、プライバシーは完璧《かんぺき》に守られていた。

シャーリーのふっくらとした唇に、茶目っ気のある笑みが浮かんだ。着古したショートパンツをはいたジェイクが、ラウンジチェアに寝そべり、長い腕を脇《わき》に伸ばして、揺りかごが日陰から出ないように気をつかっている。生後三カ月になる娘サマンサは、すやすやと眠っていた。ジェイクは目の中に入れても痛くないほどのかわいがりようで、茶色の瞳の天使に、夢中だった。

シャーリーはもう一度、こっそりと盗み見してから、ビーチへ歩いていった。ジェイクは後ろを振り向いて立ち上がった。シャーリーが少し気取って歩いていくと、口をあんぐりと開けた。

「どう?」シャーリーはくるりとまわってみせた。腰に低くかかった腰蓑《みの》が、乾いた音をたてる。雰囲気を出すために首からさげた花輪が、しとやかな印象を与えた。シャーリーは顔を上げ、ジェイクの驚きに満ちた黒い目をのぞき込んだ。「別人みたいでしょう?」ジェイクは、むき出しの肩に手を伸ばし、ほほえみを浮かべるシャーリーの唇に熱烈なキスをした。「きれいだ。驚くほどだよ」ハスキーな声で言うと、両腕でしっかりとシャーリーを抱き締めた。「死ぬまできみを愛していくよ。かわいい天使もね」もう一度、ジェイクはキスをした。

「キュー王立植物園に行ったあの日から、ようやく本物の楽園にたどり着いたのね」シャーリーはほほえんだ。「実現できるとは、夢にも思わなかった。でも、わたしたちはここまでこぎつけたわ。三人で力を合わせてね」ささやくように言う。

シャーリーの青い目は、愛と幸せに満ちあふれていた。

●本書は、2006年5月に小社より刊行された『復讐とは気づかずに』を改題し、文庫化したものです。

愛なきウエディング・ベル
2024年7月1日発行　第1刷

著　者　ジャクリーン・バード

訳　者　ささらえ真海（ささらえ　まうみ）

発行人　鈴木幸辰

発行所　株式会社ハーパーコリンズ・ジャパン
東京都千代田区大手町1-5-1
04-2951-2000（注文）
0570-008091（読者サービス係）

印刷・製本　中央精版印刷株式会社

6月28日
発売

ハーレクイン・シリーズ 7月5日刊

ハーレクイン・ロマンス

愛の激しさを知る

秘書は秘密の代理母 ダニー・コリンズ／岬　一花 訳

無垢な義妹の花婿探し ロレイン・ホール／悠木美桜 訳
《純潔のシンデレラ》

あなたの記憶 リアン・バンクス／寺尾なつ子 訳
《伝説の名作選》

愛は喧嘩の後で ヘレン・ビアンチン／平江まゆみ 訳
《伝説の名作選》

ハーレクイン・イマージュ

ピュアな思いに満たされる

捨てられた聖母と秘密の子 トレイシー・ダグラス／仁嶋いずる 訳

言葉はいらない エマ・ゴールドリック／橘高弓枝 訳
《至福の名作選》

ハーレクイン・マスターピース

世界に愛された作家たち
〜永久不滅の銘作コレクション〜

あなただけを愛してた ペニー・ジョーダン／高木晶子 訳
《特選ペニー・ジョーダン》

ハーレクイン・ヒストリカル・スペシャル

華やかなりし時代へ誘う

男爵と売れ残りの花嫁 ジュリア・ジャスティス／高山　恵 訳

マリアの決断 マーゴ・マグワイア／すなみ　翔 訳

ハーレクイン・プレゼンツ作家シリーズ別冊

魅惑のテーマが光る極上セレクション

蔑まれた純情 ダイアナ・パーマー／柳　まゆこ 訳

7月12日発売

ハーレクイン・シリーズ 7月20日刊

ハーレクイン・ロマンス

愛の激しさを知る

夫を愛しすぎたウエイトレス　ロージー・マクスウェル／柚野木　菫 訳

一夜の子を隠して花嫁は　ジェニー・ルーカス／上田なつき 訳
《純潔のシンデレラ》

完全なる結婚　ルーシー・モンロー／有沢瞳子 訳
《伝説の名作選》

いとしき悪魔のキス　アニー・ウエスト／槙　由子 訳
《伝説の名作選》

ハーレクイン・イマージュ

ピュアな思いに満たされる

小さな命、ゆずれぬ愛　リンダ・グッドナイト／堺谷ますみ 訳

領主と無垢な恋人　マーガレット・ウェイ／柿原日出子 訳
《至福の名作選》

ハーレクイン・マスターピース

世界に愛された作家たち
～永久不滅の銘作コレクション～

夏の気配　ベティ・ニールズ／宮地　謙 訳
《ベティ・ニールズ・コレクション》

ハーレクイン・プレゼンツ作家シリーズ別冊

魅惑のテーマが光る極上セレクション

涙の手紙　キャロル・モーティマー／小長光弘美 訳

ハーレクイン・スペシャル・アンソロジー

小さな愛のドラマを花束にして…

幸せを呼ぶキューピッド　リン・グレアム他／春野ひろこ他 訳
《スター作家傑作選》

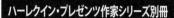